THIS IS A MESSAGE FROM GOD ...
Leif Åman

Långsamhetens Bokförlag

This is a message from God ...
Leif Åman
© 2015, 2017 Leif Åman och Långsamhetens Bokförlag
ISBN: 978-91-982563-2-1

Till Ale Aronsson, Ola F. Nilsson, Eric Fylkeson ...

FÖRORD.

Det här är en berättelse om döden. Och snus. Döden som brutal, humoristisk, som poetisk, befriande, förlösande, fantastisk. Plötslig och oväntad, överraskande. Väntad. Sorglig, onödig. Patetisk. De som varit i dess närhet har en sorts uppfattning om den. De som inväntar den, har ett förhållande med den. Alla andra, vilka inte har en aning om vad den är, för dem är den fascinerande, skrämmande, upphetsande. Döden har i alla tider jagat oss och en sak är ju till syvende og sidst en absolut sanning ... vi kommer alla att möta honom. Historien som följer handlar om en av de personer som inom femton, tjugo sekunder definitivt kommer att göra det, och ... han vet det. Snuset då? Ja, det är ju ytterligare en liten last man inte kan komma runt ...

THIS IS A MESSAGE FROM GOD ...

FÖRTEXT.

Jag vet.
Jag vet alltid,
men jag vet inte allt.
Fanny 3 år, 2001

MESSAGE FROM GOD ...

Det här är ett meddelande från Gud. Eller Allgud ... vilket är mitt dopnamn. Allgud Brynja Gädda Larsson. Tyckte alltid att andra barn hade så exotiska namn. Det klingade södern, norr, annorlunda om Rune och Peter, Pernilla, Klas och Eva. Ända tills jag började småskolan, och dyrt fick lära mig att det var *mitt* namn som ansågs underligt...

Mina djupt religiösa föräldrar, frireligiösa, ville på detta vis särskilja mig från de andra barnen. Ett heligt, men samtidigt jordiskt namn. Som om jag, försedd med ett avgudanamn skulle vara en naturlig länk till frälsaren själv, och därmed skyddas från den lede. Samtidigt närde de sina innersta drömmar...

Jag skulle skolas till pastor i deras lilla församling. Stor, svartklädd och stolt, med tordönsstämma och händer som dasslock, vilkas jättelika fingrar skulle tygla sina församlingsmedlemmar bara genom att höjas mot det allsmäktiga himmelriket. "Du skall inga andra gudar hava jämte mig". De levde strängt under lydnad till de tio gudsbuden, samtidigt som de, utan att tänka nämnvärt på det, avgudade mig och gjorde mig till viljes vid minsta vink. Begick, utan att en enda sekund ifrågasätta sitt beteende, en grov synd mot sin herre, Gud Fader ...

Min far, en mycket snäll karl. Fet. Faktiskt det mest framträdande karaktärsdraget. Stor, rund och snäll, intill menlös. Tunnhårig sedan tidig ålder, arketypen för och en livs levande karikatyr av en prost i litteraturen eller på teatern. Mor däremot, tunn som en gärdesgårdsstör, burrigt eldrött hår, hetlevrad och med ett sällsynt temperament. Kunde ibland vara elak som fan själv, eller ännu värre, ilsken som en bålgeting. Det vill säga mot sina ovänner. Oss inom familjen, var hon synnerligen älskvärd mot i alla lägen. Minns inte en enda bestraffning i min uppväxt, aldrig några allvarliga meningsskiljaktigheter. Tror faktiskt inte, även om jag ärligen rannsakar mitt minne, att det är en efterkonstruktion. Minns min barndom i ett mycket tryggt och ljust skimmer ...

Tillsammans utgjorde mina föräldrar ett mycket udda, visserligen stramt gudsfromt, men kärleksfullt par. De älskade varandra innerligt, ljudligt ... och ofta. Var som helst, och när som helst under dygnets timmar. Varje dag i min barndom fylldes av stön, dunkanden och mystiska läten från husets alla vrår. Upplevde det inte som något konstigt eller skrämmande. Det gjorde mig i stället relativt ljumt inställd till min egen sexualitet, vilket passade mina föräldrar mycket bra, då de ansåg att jag skulle ägna min tid åt Herren, inte slösa bort värdefullt jordeliv under grannjäntornas kjolar ...

Var dock inte intresserad av någotdera. Efter några år på den förberedande teologiska studiebanan, plockade jag, en något dimmig morgon, ned min mormors gamla stålsträngade gitarr från väggen, livligt använd under hennes aktiva tid som kompanichef i frälsningsarmén, oanvänd allt sedan avfärden från jordelivet, strax efter min tonårsårsdag. Satte med stor möda på nya strängar, stämde den efter bästa förmåga, med hjälp av fars gamla tramporgel. Inledde det mödosamma arbetet med att lära mig instrumentets själ och att sjunga de enda sånger jag hade någon relation till - Gyllne morgon sista natten svunnit ut, Barnatro till himmelen du är en gyllne bro, Lyckliga gatan du finns inte mer ...

Övade, övade, övade. Från morgon till sena kväll, dag ut och dag in, vardag som helgdag tränade jag på dessa tre stycken, spelade tills fingertopparna blödde, för att så småningom bli hårda som granitkulor. Sjöng tills sångtexterna rann ur munnen som vattnet i storbäcken, nedanför slänten, bakom vårt gamla röda trähus.

Jag var nu redo att ge mig ut och utforska vad livet hade att erbjuda. Regntung morgon. Från vinden hörde jag, förutom smattret mot tegelpannorna, mina intet ont anande, fromma livgivare ägna sig åt sin favoritsyssla. Omedvetna om resten av världens existens ...

Skrev ett kort meddelande på ett litet pappersark, fäste det på köksfrysen med hjälp av en liten kylskåpsmagnet i form av ett i gips gjutet guldkrucifix.

"Lämnar er ett tag, oroa er inte, jag kommer tillbaka. Vet ej när ..."

MEETING GOD ...

det gör ont att bli skjuten ... han hade läst någonstans ... att kroppen ... eller rättare sagt hjärnan ... i rent självförsvar kopplade bort det onda ... man försattes i en form av chocktillstånd ... endorfiner ... adrenalin ... registrerade därför inte smärta ... stängde den ute ... skitprat ... fruktansvärt ont ... obeskrivbart ... försöker skrika ... men det går inte ... flera kulor har gått in i ryggen ... förstört vitala inre organ ... chocken har klippt av allt samband mellan hjärna ... stämband ... tunga ... plågan märks klart och tydligt ... hur fan det nu går till ... inom några sekunder skall han dö ... det är ingen tvekan om det ...

varför blev allt ... så fel ... förberedelserna hade ... som vanligt ... varit minutiöst planerade ... inget var lämnat åt slumpen ... ingenting ... ändå hade han förbisett något ...

viktigt ...

MESSAGE FROM GOD ...

En inre röst kvittrade hånfullt - Det skulle bli ganska svårt att försörja mig genom att spela de tre sånger jag hade instuderat. Min begåvning sträckte sig inte så mycket längre in i musikens hemliga väsen ... Måste väl erkänna så här i efterhand, att jag hemsöktes av en ganska svårartad lättja, uttråkning ... Tvungen att hitta på plan B. Inget föll mig in så där på rak arm, möjligheterna var ju egentligen obegränsade. Världen låg öppen ... Ingen, inget kunde stoppa mig...

Bussbiljetten jag löst tog mig till en stad långt bort. Hade tillräckligt med kontanta medel för att ackorderas in i ett av rummen i en liten vindsvåning, vilken ägdes av en charmerande dam runt omkring de sjuttio.

Säng, nattygsbord med en mekanisk, antik väckarklocka, lampa, samt en liten röd batteridriven transistorradio. Skrivbord och stol. Skåp med plats för en någorlunda tilltagen garderob. Tavla - gök i tall, något slags berg i bakgrunden. Fotografiskt målad. Inte upphetsande, rogivande, på gränsen till harmlös, ändå så dödligt farlig för styvsyskonen. Göken fick hänga kvar på sin plats ...

Hade inte lust att sitta på rummet och uggla, begav mig i stället ut på stadens gator på jakt efter puls. Fick av min hyresvärdinna adressen till en liten källarlokal, en gemytlig pub där de sökte en alltiallo. Diska. Kasta ut, eller hellre hjälpa iväg överförfriskade gäster. Steka enklare maträtter och servera öl. Far skulle förmodligen falla död i hjärtinfarkt om han fick reda på vad jag ämnade försörja mig med, och mor hade väl exploderat i en hjärnblödning av skam, rödkindad gått i tusen bitar. Älskad son och blivande präst med svettigt slavarbete i syndens näste ...

Det anordnades hemliga pokerpartier i ett litet rum bakom baren. Ärrade män förlorade, vann, i långa, tysta, rökiga spel som kunde pågå under flera dagar. Deltagarna skulle under diskretion serveras sprit, öl och mat. Älskade att sitta bredvid, iaktta spelarnas ansikten. Lärde mig hur en man skall se ut när han bluffar ett helt sällskap. Mest imponerande var att ingen någonsin tappade humöret. Aldrig ett svärjande, ingen höjd stämma, även om mycket stora belopp kunde förloras på ett ögonblick. Mellan partierna kunde vänskapliga diskussioner om allt mellan himmel och jord förekomma. Politiska debatter om den senaste skattehöjningen över en pytt i panna, vänliga ord vid en paus, kaffe och konjak med feta cigarrer, rast, vapenvila ...

Vid ett sådant uppehåll lärde jag känna Valdemar Rhune. Blond spretig kalufs, i förtid tunnhårig, runt trettio, över två meter lång i strumplästen, skranglig och på gränsen till undernärd med ett smalt, finurligt snett leende, som hade han en fint på lut hela tiden, lurade på en straight flush, med spader ess i ärmen. Vi fann varandra vid en rökpaus. Han frågade mig vad jag hade på ett sådant ställe att göra. Förstod att jag egentligen kom från en helt annan värld än den som förekom bakom baren, på den lilla krogen, i staden som Gud glömt ...

Berättade inte mycket. Att jag var på väg och tillfälligt försörjde mig, nya trakter väntade, värme, ligga i universum, sväva från det invanda mot det okända ...

Talade om att han försörjt sig på professionell gambling sedan tonåren, hade ådra för det. Satt inte bara i fingertopparna, det hade också med timingen att göra, se det rätta tillfället i en motståndares öga, rycket i en överläpp, kliandet i hårbottnen, en irrande blick. Hans far var notorisk bilskojare och meningen var att sonen en dag skulle ta över nasarverksamheten. Men, precis som Allgud hade Valdemar helt andra planer än de av föräldrarna utstakade ...

MEETING GOD ...

det kändes konstigt ... som om han flög ... ljus ... långt bortifrån ... klingade musik ... lugn ... harmonisk ... var det änglaspel ... i så fall ... nej ... det var nog inte till himlen han var ämnad ... han kunde ... kanske snarare ana ... än se ... det fanns någon annan där ... någonstans ... inte i ljuset ... bakom honom ... i mörkret ... kände sig plötsligt djävligt illa till mods ... var det inbillning ...

minns plötsligt en dröm ... han är instängd i en mycket gammal stenborg ... en av portarna är av tjock ... genomskinlig kristall ... ogenomtränglig ... rör sig sakta utefter den skrovliga ... fuktiga slottsmuren ... där lukten av grönmögel sticker i näsborrarna likt ammoniak ... styr stegen mot glasporten ... där utanför står belägrarna ... stora farliga män med långa tjocka skägg ... toviga hårmanar under järnhjälmarna ... de bär gnistrande brynjor ... kraftiga spjut ... skarpslipade svärd blänker ute i månskenet ... en av männen närmar sig det metertjocka glaset ... ser honom rakt i ögonen ...

ondskefulla ... kalla ... svarta fiskögon ...

MESSAGE FROM GOD ...

Fann blottorna direkt och utan omsvep. Såg även varandras styrka. Valdemar tyckte att vi skulle ta oss till något annat utskänkningsställe för att inta en rekorderlig middag, språkas vid på något neutralare mark. Valet föll på ett finare etablissemang i stadens flotta hamnkvarter. Han hade vunnit en hel del under kvällen och stod för utläggen. Det blev en lång, sen kväll ...

Vaknade dagen efter med rejäl baksmälla. Yrselattacker, dunkande knäskålar, vibrerande ögonbryn, rödömma fötter, kliande fingrar. Spydde fyra gånger, drack vatten, vomerade en gång till. Ont i armbågen, måste ha snubblat. Papperslapp i fickan, ett telefonnummer nedklottrat med darrig, spretig fyllestil. Skitnödig. Äta något. Kräkas igen. Tittade på lappen som låg på nattygsbordet. Gödslade toaletten ännu en gång. Svajade in till hyresvärdinnan för att låna hennes svarta bakelittelefon.

"Hallå!" Glittrande kvinnoröst ...

"Vem pratar jag med?" Rosslande mansröst - min.

"Saga." Kom inte ihåg henne.

"Hände något igår? Jag menar ..." Klarade strupen.

"Nej!"

Hon skrattade i luren, och nog förstod jag väl det, visste ju inte hur man gjorde. Vi bestämde tidpunkt för en ny träff, vilket förvånade mig, och sedan tillbaka till rummet för några timmars sömn. Lördagskväll. Nytt pokerparti med nya insatser. Jobbade hela natten, sov söndagen igenom, vaknade tidigt måndag morgon. Mindes plötsligt Valdemar, och hans vilja att inviga mig i sina något diffusa framtida affärsplaner ...

Träffade Saga på ett kafé i innerstaden. Hon log med hela kroppen. Fnissig och sprallig, något äldre än jag, välvårdat, glänsande mörkt hår med lockar nedåt midjan, kvinnligt mjuka, behagliga Zornformer, breda höfter, skapta för älskog och barnafödsel, ljuvliga nyckelben, långa slanka armar, läppar som fick svettpärlor att tränga fram ur min panna. Utbildad. Diplomerad psykolog med sociala fobier som specialitet. Hon ville träffa mig i enskildhet och vi enades om lämplig kväll då bägge var lediga ...

Insåg, märkligt nog, att jag förmodligen funnit kvinnan att dela livet med. Kändes bra, pirrade lite i fingertopparna, en för mig obekant slumrande nyfikenhet vaknade upp ur ett allt för länge översnöat ide. Det ryckte, molade och värkte om vartannat i organet, som fram tills nu enbart använts i urinerande syfte. Pungkulorna dallrade som stenhårda maraccas under bålen. Tog en rask, avkylande promenad hem till mitt krypin, spelade mina tre sånger ...

Avbröts av ett besök, Valdemar. Vi diskuterade vidare, en strategi formades ur våra viskningar ...

MEETING GOD ...

svart tunnel av obehaglighet ... disharmoni ... luktar sot ... och något annat ... som om kött ligger och ruttnar i hans närhet ... kan ondska lukta ... i så fall är det den doften hans näsborrar och tunga förnimmer i denna stund ... värken är tillbaka ... den dunkar i kroppen likt hjärtslag förstärkta i en gigantisk arenas ljudanläggning ...

kallt ...

MESSAGE FROM GOD ...

Den långa, komplicerade lärlingstiden började. Vi hittade inte med en gång, kartan var gammal och sedan länge inaktuell. Kunde heller inte fråga någon, ville inte väcka onödig uppmärksamhet. Efter en timmes letande kom vi till rätt gata. Mitt emot målet låg ett litet antikvariat. Bakom disken en rundlagd, otroligt kort man, stående på en pall för att få den stora rödblanka näsan över bänkens skiva där tusentals volymer slitit ned den en gång så blanklackerade ekytan till en matt, nästan grå nyans. Föreståndaren, djupt försjunken i ett tjockt verk rörande tolvhundratalsarkitektur, tittade upp ur kalkstenen, nickade vänligt, varpå han fortsatte läsningen.

Letade upp hyllan med anglosaxisk dikt. Strategiskt, då vi obehindrat kunde se byggnaden genom det avgassmutsiga skyltfönstret. Jag låtsades leta runt i hyllorna, bläddrade förstrött i en samling sällsynta nordsaxiska poeter. Trist skrivna rader rörande regn och hedar med skitiga fårhjordar mot gråa skyar ...

Lämnade den lilla affären efter en stund. Letade oss fram till en mörk kaffestuga med små hemtrevliga bås, viskade oss vidare i vårt ... Lärde mig av hans breda erfarenhet, lyssnade uppmärksamt och drack den varma, starka, svarta drycken utan tilltugg, ena koppen efter den andra, medan eftermiddagen led. Sedan måsten. Begav oss till våra respektive arbeten.

Serverande, spelbord ...

MEETING GOD ...

turné för många år sedan ... en rockgrupp spelar högt och suggestivt med pulserande bastoner och smekande klaviaturer ... lockande rytmiska trummor ... sångaren ylar i ett register som borde vara omöjligt för en man med testiklar ... människor dansar ... ler mot varandra ... en del älskar på gräset i slänten men ingen tar notis om det ... hela tiden denna glädje ... masslycka ...

olycka ... en ung man kläms ihjäl mot scenkanten ... ingen märker det ... långt efteråt när den nedtrampade lergrå gräsplanen för länge sedan är öde och tyst hittar en scenarbetare den krossade kroppen inklämd under scenen ... måsar skriar på himlen ovanför ... en korvförsäljare packar ihop sitt stånd ...

MESSAGE FROM GOD ...

Kväll. Packade var sin ryggsäck med rekvisita. Begav oss till fots den ganska långa promenaden. Väl framme, ingen noterade vår ankomst. Källarfönster på baksidan. Kunde någon uppfattat ljudet av den knarrande träkarmen? Vi fattade posto i ett mörkt hörn av den lummiga bakgården. En kvart passerade ... inga reaktioner. Tog oss in. Valdemar tände ficklampan och ljusstrålen avslöjade dammiga möbler, av åren slitna konstföremål, målningar staplade efter väggarna till inget ögas förnöjelse. Oräkneliga föremål som framträdde i skuggorna dit ingen över huvud taget letade sig, förutom råttor, kvalster och insekter ... Tog oss upp via en rangligt gisten källarstege, fann dörren låst från insidan ...

Det sitter i fingrarna. Han fick upp dörren med ett metallverktyg jag aldrig förr sett, inte ens på film. Litet och ihopvikbart, inget liknande de dyrkar man kan se i deckarfilmernas värld. Vecklade ut det cirka trettio centimeter långa, böjliga instrumentet, lirkade in det i det inbrottssäkra låset. Fem sekunder. Inne i huvudbyggnaden. Använde samma instrument för att ta oss in i ett plåtklätt larmskåp, neutraliserade husets sensorlarm genom att knipsa av en brun oansenlig kabel, letade upp rätt våning varpå vi inledde vårt arbete. Jag påbörjade en ny era ...

Morgonen efter sov jag till elva, tvättade mig i källarens missfärgade tvättställ, klädde mig, drack en mugg kaffe och vandrade gatorna. Fuktkallt i luften, tunga gråblå molnmassor låg likt en arméyllefilt över staden. Värme som från en glödande tältkamin inombords. Upphetsning ...

Stora trycksvärtskladdiga bokstäver på dagstidningarnas skrikgula löpsedlar basunerade ut vårt värv ...

MEETING GOD ...

en ... liten ... detalj ... har inte skrivit något testamente ... inte heller nedtecknat eventuella begravningsönskemål ... egentligen skulle han vilja bli bränd ... spridd i ån där hemma ... ån där han tillbringade så gott som var dag i barndomen med lek ... fiskade eller byggde kojor högt upp i strandkantens sega trädkronor ... askan borde spridas till tonerna av någon bra rocklåt ... fast det kanske kan kvitta ... död som död ... bränd eller begraven ...

en ny kropp skall balsameras ... det har varit guldrush en längre tid nu ... som tur är slutar inte folk att dö ... det är bra för affärerna ... det finns inte många mästare som behärskar den ädla konsten ... än färre har officiell tillåtelse att utföra den ... de väldoftande oljornas hemliga recept finns bara tillgängliga för några få utvalda ... det lilla kärl vilket innehåller vätskan kostar kunden hela fyra guldmynt ... arbetet därutöver betingar två guldmynt samt två av silver ...

han skrapar hjärnan ur skallen via näsgångarna ... använder sig av en långsmal ... svagt böjd kratsarkniv ... ett tidskrävande arbete ... om tusentals år kommer hans framtida kollegor att injicera formalin i likets vener ... den konsten är inte ännu ... tömmer sedan kroppen på inälvor ... skär ut hjärtat med ytterst försiktiga snitt ... balsamerar det för sig ... det skall placeras tillbaka inne i kroppen ... annars följer inte själen med på den långa färden ned till dödsriket ... hjärnan konserverar han tillsammans med de andra inälvorna i lite av vätskan uppblandad med alkoholstarkt vin som fått stå i absolut mörker under tolv månvarv ... därefter läggs inkråmet i ett väl tillslutet ... lerbränt krus vilket senare placeras tillsammans med den döde i gravkammaren ...

torkar hela den urtagna kroppen med natriumkarbonat ... varpå han smörjer med den hala oljeblandningen innehållande en mängd ingredienser ... bland annat de lukthämmande kryddor och örter vilka han omsorgsfullt odlar i sin egen vingård ... lägger vördnadsfullt tillbaka hjärtat ... lindar in lekamen i bindor av det ädlaste linne ...

innan han tillsluter ansiktet för gott ... kysser han högtidligt likets panna tre gånger ... mumlar en bön ... lägger för den sista bindan ... arrangerar mumien i en för ändamålet speciellt uthuggen sarkofag ... den kommer att hämtas av släktingar i morgon kväll ... han unnar sig en bit kvällsvard ...

magen brukar morra efter väl utfört arbete ...

MESSAGE FROM GOD ...

Levande landsbygd ligger öde när vi far nedåt landet. Valdemar äger en gammal klassisk raggarbil. Stor, tung och lyxig, slukar högoktanig bensin. Vi tvingas att tanka ofta. Bryr oss inte om bränslekostnader, har pengar nu. Övernattar på ett motorhotell, kostar på oss var sitt enkelrum. Ligger vaken någon timme i mörkret, lyssnar på långtradarna som kör förbi. Det formligen spritter i kroppen av en angenäm nervositet. Sover trots det en behaglig sömn, när jag väl sluter ögonen ...

Äter med god aptit, trots torftig onyttig frukost bestående av flottiga ägg och sönderstekt skinka, vidbränd frityrpotatis, knäckebröd. Till måltiden dricker vi vatten och starkt beskt restaurangkaffe. Koffeinet gör oss glasklara. Färden går söderöver i maklig takt, har hela dagen på oss, och vi vill inte råka ut för något missöde.

Anländer metropolen ...

MEETING GOD ...

minns tydligt en höstpromenad i skogen ... bred rak grusstig ... en bit bakom honom ... av anmärkningsvärd ålder krökt gumma hasar sig fram ... dammtorr skrynklig hud ... måste vara sekelgammal ... rör sig i ultrarapid ... svart dräkt i artonhundratalssnitt ... hatt med flor över ögonen ... gammaldags snörkängor ... plötsligt viker hon av rakt in i skogen ... letar väl svamp ... han fortsätter stigen fram några meter

... vänder sig om ... hon är borta ... funderar lite oroad om han skall vända om ... leta upp den skrangliga människan ... kanske förvirrad ... på rymmen från något hem ... då hör han plötsligt ett knakande framåt stigen ... vänder sig i gångriktningen ... ett hundratal meter längre fram släpar sig kvinnan ut ur skogen ...

han gnider sig i ögonen ... tror inte på vad han ser ... tittar en gång till ... den gamla damen masar sig sakta vidare ...

MESSAGE FROM GOD ...

Lämnar fordonet på en gigantisk parkering. Bilen kommer att stå obemärkt den tid det tar att genomföra uppdraget. Vi byter till en mer diskret vagn. Valdemar tar sig lätt in i kupén, får igång motorn redan efter några få sekunder. Nästan full tank. Byter registreringsskyltar ... redo!

Marigare den här gången, målet är mycket rörligt. Jag har gått i lära en längre tid. Valdemar har lugnt och metodiskt skolat in mig på verktyget. Med samma beslutsamhet som vid gitarrträningen har jag kämpat med att komma underfund med mekanismerna, trängt in i min egen andning, mitt psyke, lärt mig kontrollera nervositeten och använda den i positivt syfte. Det gäller att vara lugn, stadig, iskall ...

även i trängda lägen ...

MEETING GOD ...

har varit nära döden förut ... minns en gång ... mer angenäm än den avfärd han nu upplever ...

sitter vid köksbordet ... god middag ... vacker bordsdam ... konversation med outtalade underliggande erotiska avsikter ... vinkar honom till sig ... ställer sig framför henne ... en svettdroppe rinner utmed pannan ... fortfarande sittande knäpper hon upp hans byxor ... viker ut den blåsvullna lemmen ... därefter kladdar hon noggrant in hela kuken med chokladpudding och grädde ... hon lyfter huvudet ... möter hans grumliga blick ... hennes vackra klara blå ögon kryper ihop ... illmarigt ... busigt ... ytterligare svett ... han känner vätan rinna under skjortan ... hon slickar sakta och metodiskt i sig efterrätten ... när allt är rent skjuter hon honom lekfullt från sig ...

han sätter sig igen ... en hasselbackspotatis kvar på tallriken ... på väg att spricka av kåthet ... tuggar slarvigt på den kalla rotknölen vilken sätter sig som i ett skruvstäd i svalget ... ingen luft kan passera ... ser in i hennes glittrande ögon ... känner doften av döden ...

lägger lugnt ned besticken på sin plats ... reser sig ... hon anar ingenting ... ser på honom med ett förvånat leende när han går ut i hallen ... öppnar toalettdörren ... viker upp locket till klosetten ... kraftig hostning ... den massiva klumpen faller ned i vattnet med ett ljudligt plask ... en mörk fläck av vatten på hans ena ben ... drar in den underbara luften ... går tillbaka ut i köket ... fattar tag i sin kvinna ... rafsar undan porslinet ... glas ... tallrikar åker i golvet ... ett förskräckligt oväsen när en karaff går i femtiotvå bitar ... viker upp kjolen ... sliter av den redan genomvåta trosan ... de knullar på köksbordet ... hårt ... kraftfullt ... bland matrester ... vin ... utspillt vatten ... muskler spända i vällust ... bordet flyttar sig och vinglar farligt under kraften av stötarna ... kökslampan dunkar honom i pannan ... bordsänden slår till sist mot väggen ... hon skriker ... han morrar ... saliven rinner längs hakan ... det tar inte lång tid för någon av dem ... några minuter ... kanske sekunder ... efteråt duschar de hastigt ... går upp i sovrummet ... älskar med varandra ... ömt ... långsamt ...

senare på natten när de ligger tätt sammanslingrade frågar hon honom varför han skrattar ... han kysser hennes ögon ... förklarar att han är lycklig över att vilja leva med henne resten av sitt liv ... ligger tysta i mörkret ... ingen kan uppskatta livet så som den som tungkysst döden ... smakat på dennes andedräkt ... älskat med honom ... givit honom en örfil och lämnat honom lurad på belöningen ...

MESSAGE FROM GOD ...

Det svåra ligger inte på det tekniska planet när stunden väl är inne. Inte heller reträtten. Kaos, panik och uppståndelse, rädsla, skrik och förvirring följer i verkets spår. Flykten skulle bli barnsligt enkel. Det snåriga ligger i att närma sig utan uppseende, inte röja operationen för tidigt. Intensiv hårdträning med månader och åter månaders disciplinerat slit har givit resultat. Målet får snällt komma till bollen ...

Känner mig som en pingvinkostymerad kameleont där jag sitter framför linneduk. Målet, överklassigt välklädd man i femtioårsåldern, tjockt kraftigt hår, vindsäkert friserat, välbyggd, muskulös, ett leende fyllt av självförtroende, han är givetvis osårbar. Omgiven av sitt stora sällskap vänner, vackra kvinnor, dekor. Rådgivare, jasägare. Två hårda, sammanbitna män, hela tiden spanande runt omkring sig. Livvakter.

Fyra limousiner har fört sällskapet till restaurangen där klanen skall huseras i viprummet. De ämnar åtnjuta en luxuös kvällsvard, för att därpå besöka operan. Morgondagen är fullbokad, möten med affärsledare och politiker, fyra eskortdamer beställda till det eleganta hotellet följande kväll, avslappning och belöning efter en hård dag på jobbet.

Jag är strategiskt bordsplacerad ...

Sällskapet väntar stående. Hovmästaren på språng att möta upp, leda den celebra gästen med umgänge till det välarrangerade matbordet.

Tio meters avstånd ...

MEETING GOD ...

kan döden vara söt ... knappast ... men mullvaden är det ... ligger utanför öppningen till sin idogt grävda gång ... barnen stannar ... tjugofem meter längre framåt stigen ligger den hemliga stranden ... ungarna glömmer bort vågorna för ett ögonblick ... slänger badringar och handdukar i den barriga undervegetationen ... treåringen frågar sin far varför den ligger så stilla ... de äldre barnen vill ordna en jordfästning ... en spyfluga sitter på det lilla djurets utsträckta tunga ...

MESSAGE FROM GOD ...

Två skott. Två livvakter. Båda männen står upp i flera sekunder ... förvåning i deras ansikten, små rykande hål mitt i pannan på var och en. Först reagerar ingen, skotten är totalt ljudlösa i den sorlande feststämningen. Jag ler stolt, det värsta är över ...

En av männen rasar till golvet likt en hastigt nedsläppt persienn, inte ett ljud från hans läppar. Den andre tar, otroligt nog, flera snabba steg framåt, stannar upp, talar osammanhängande, faller, fortfarande med orden forsande ur munnen och en tunn blodstråle sprutande ur pannan, dyker huvudstupa ned i en förvånad matgästs hummersoppa. Målet gapar, har inte förstått än, kommer aldrig att göra det ... Skottet tar i bakhuvudet, den stenrike faller död på fläcken.

Låter vapnet falla under bordet, den dyra, mjuka mattan fångar det utan varsel. Torkar av munnen på den vackert broderade servetten, placerar den bredvid det orörda vinglaset, reser mig lugnt, går ut, utan märkbar brådska ... samma väg jag kom in ...

genom entrén ...

MEETING GOD ...

myten om dödens övervinnande ... den starke omutlige vildmannen med en yxa i skanken släpandes sig två mil över berget med blodet forsandes nedför byxan ... hemkommen syr han sig själv ... super bort blodförgiftningen ... lever lycklig i alla sina resterande levnadsår spelandes sitt älskade dragspel ... skrävlandes äventyren till fjälls ... dör på hygget ...

förblöder i tjugofem minusgrader utan en chans ... fällt tall i fjorton dagar ... till kvällen skall han hem till barn och fru ... äta varm hemlagad middag bland kära ... det sista trädet för den här perioden skall ned ... stammen isig ... eggen utmattad ... tänker för mycket på frun utan kläder liggandes på tagelmadrassen ... barnen sover ... hugget slinter ... med våldsam kraft tränger den halvslöa bilan in i benet strax nedanför knät ... en kaskad av blod skvätter ut över snön ...

försöker binda om benet med en snörstump men den går av ... så trött ... fingrarna konstrar ... släpar sig mot ryggsäcken där den ligger ett tjugotal meter bortefter stubbarna ... extrastrumporna ... han kan göra ett förband av dem ... synen sviker och den i vanliga fall så tjurskallige sege fåordige nordmannen dör av blodförlust lämnandes ett tio meter långt blodspår efter sig i snön ... det sista han uppfattar med sina grumliga ögon är familjens trogne följeslagare ... svartvita spetsen Rapp ... hungrigt slickandes i sig det röda livet vilket forsar ur husse ...

hundens bäste vän ...

MESSAGE FROM GOD ...

En timme senare är vi ute på motorvägen, inga polisspärrar. Allt gick enligt planerna. Får med beröm godkänt av min läromästare, då jag klarat mitt gesällprov med bravur. Vi skojar friskt, uppsluppen stämning i bilen ...

Valdemar berättar minnen, beskriver ingående ett långdraget parti kort i det världskända hasardfurstendömet. Berättar om sin kvinna, ses gamblesse, vilken han träffar då och då. De brukar hyra in sig på samma hotell som prinsessan. Hon möter sina hemliga äventyr i rum trettiotvå, dold från furstens vakande ögon. Lärde känna varandra vid spelborden. Då och då inbjuds han tillsammans med sin vackra, rödlockiga joueuse till kunglighetens svit. De dinerar, umgås och festar. Sessan tycker mycket om att dansa ...

Både med Valdemar och Maria ...

Övernattar inte, vill hem så fort som möjligt. Äter på en liten vägsylta som inte lovar mycket för världen, men betjäningen och maten är överraskande bra, till och med kaffet är nykokt. Tidigt på morgonen landar jag i min egen säng. Vaknar utvilad på eftermiddagen. Säger upp mitt rum, tar adjö av den trevliga damen, som skickar med en påse av sina välsmakande kanelbullar.

Hittat ett hus. Drabbats av en tillfällig eufori över att ha en sådan ansenlig mängd kontanta medel. Hyr av en utsocknes mäklare, som får en inte så blygsam summa pengar för att hyra ut det i fingerat namn. Kallar mig Ola Nilsson, låter vanligt och lagom. Trivsamt nyrenoverad sekelskiftesvilla i tre plan. Stor lummig trädgård med päron och äpplen, vinbär, plommon och bigarråer. Utmärkt läge mot vattnet, privat strand med brygga och båthus, grillplats, gäststuga. Fristående garagebyggnad med plats för både fordon och eventuell hobbyverksamhet, en mindre pool med tillhörande relaxavdelning, givetvis med bastu. I källaren en tvättstuga och en bodega med fullt utrustad bar, öppen spis och inredning i varmt träslag, biljard. Stora vardagsrum med bekväma soffor, akvarium, konst. Bibliotek med läsvänliga öronlappsfåtöljer och den klassiska isbjörnsfällen på golvet framför en jättelik eldhärd, plus en överraskning, en av de inbyggda bokhyllorna kan, via en dold spak vändas, och som genom ett trolleri, ytterligare en bar. Stort rymligt kök med rejäla arbetsytor och alla upptänkliga redskap och apparater vars användningsområde jag bara kan gissa. Kontor, ett antal sovrum, kakelugnar, toalett på var våning, stort kaklat badrum med jättelikt nedsänkt kar, duschrum ...

Inom en snar framtid kan jag, om jag vill, köpa det, kontant. Mitt nya yrke är mycket lönsamt, risktillägg och obekväm arbetstidstillägg, ligger långt utöver de fackliga avtalen ...

MEETING GOD ...

döden kan drabba i detalj planerad och djävulsk ...

gestalten släpper ned musen ... försiktigt ... den sniffar runt i den nya främmande miljön ... springer omkring i den rymliga vegetationsrika glasburen ... hittar den friska vattenpussen ... plötslig törst ... lapar välvilligt i sig vätskan ... rotar oroligt runt bland myllan ... nosar sig fram i det tempererade klimatet ...

den långa ... svarta ... kraftfulla ormen kvicknar till då den känner vibrationerna av bytet med hjälp av de känsliga hudnerverna ... sniffar sig med tungans hjälp ... långsamt ... i riktning mot maten ... gnagaren upptäcker inte sin baneman förrän det är för sent ... kobran hugger rakt över den lilla mjuka lena ryggen ... attacken går fortare än det mänskliga ögat hinner registrera ... några få sekunder senare börjar reptilen svälja sin nervparalyserade föda ... levande ...

tyvärr är den lilla vita laboratoriemusen full av död ... en kort stund före nedsläppet i terrariet har den matats med en rejäl dos råttgift ... ätit med god aptit ... redan några minuter efter det att matsmältningen satt igång vrider sig det glupska kräldjuret i magsmärtor ... dör av inre blödningar ...

gestalten avlägsnar sig ...

MESSAGE FROM GOD ...

Visar Saga huset, påstår att jag får låna det av en avlägsen släkting, bosatt i en sydlig världsdel, kaffeplantageägare. Vi badar i det rymliga badkaret. Leker i bubblorna. Umgåtts med Saga en längre tid, lärt mig en hel del av det amorösa slaget. Förstår plötsligt mina föräldrars beroende ...

Kär ... lek är vanebildande ...

Äter en riktigt acceptabel måltid, har börjat laga mat. Experimenterar glatt, får hjälp av en lättbegriplig kokbok med färgrika illustrationer. Efter middagen tar vi en tur på sjön, ror sakta, vattnet krusar sig när kvällssolen sakta lämnar oss ensamma, sjöfåglarna tystnar ...

Sent på kvällen tar jag fram en av de bättre flaskorna ur vinförrådet och vi sätter oss framför brasan i källaren, pratar till långt fram på natten, älskar i den rymliga soffan. Spelar lite biljard. "Stand by me", i en av skalbaggarnas version, rösten smeker våra öron från den vackra gamla jukeboxen. Dricker mer vin, somnar i soluppgången, berusade i varandra ...

Ligger lågt tiden som kommer. Arbetar kvar på puben. Behöver inte jobbet, men det är en utmärkt täckmantel. Rekommenderad mäklare på välrenommerad byrå i ett land byggt på alper och utländsk valuta förvaltar en ansenlig summa åt mig, investeringarna växer stadigt och nytt kapital är på ingång. Vi har inte fått klartecken än. De utländska uppdragsgivarna inväntar en affärsuppgörelse. Förhandlingarna går långsamt då den köpta politikern krånglar, vill ha mer av kakan.

Vi har ingen brådska ...

MEETING GOD ...

vad händer efteråt ... blir allt bara ... svart ... eller fortsätter det på något sätt ... en historia ... den dyker upp i minnet efter att en lång tid ... många år ... förträngts under medvetandets nivå ... förlorat mycket blod nu ... känner inte längre någon oro ... den ena sekvensen avlöser den andra i hjärnan ... en porlande ström av verklighet ... dröm ... känner trötthet ... inte på livet ... det har ännu så länge skänkt stor tillfredsställelse och lycka ... har tills för några sekunder sedan aldrig trott på livet efter döden trots vissa upplevelser som motsäger en ateists otro ... alltid levt i tron att vi under livet skall försöka leva det innerligt medan den korta tiden i universum vi trots allt är ... måste utnyttjas till fullo innan det är ...

ingenting ...

MESSAGE FROM GOD ...

Flyger ut ur sensommaren, hösten står och väger, inom en kort framtid är den långdragna nordvintern här och biter oss. Saga är gravid i sjunde månaden och vi är mycket lyckliga över vår kärleks gåva. Bor nu tillsammans i det vackra huset, men hon är ännu ej införlivad i min verksamhet, vet att jag då och då måste resa, men tror att jag är min avlägsne släktings kontakt med hemlandets intressen, att vi måste ha våra affärsmöten med jämna mellanrum.

Jag och Valdemar har skaffat oss ett internationellt rykte efter den senaste tidens utföranden. Arbetsgivarna denna gång är från en avlägsen kontinent och vill ha en konkurrerande textilproducent kall ... Då det handlar om ett definitivt försvinnande krävs något annorlunda metoder, inga spår får finnas kvar efter målet, fullständigt utplånande. Eftersom det handlar om miljardbelopp på den internationella exportmarknaden har vi god hjälp från politiskt håll. All tillgänglig information ställs till vårt förfogande. Vår lön kommer att betalas i guld, av ansenlig vikt ...

MEETING GOD...

de var sex till antalet ... till en början ... satt kvar efter avslutade dagspass ... efter att ha intagit en spartansk middag försvann de tillbaka in i sina rum ... var och en till sitt lilla universum med de egna framtidsdrömmarna ... arbetet pågick på egen hand under några timmar ... sent möts de ute i samlingsrummet ... en av dem sätter på kaffe ... någon timme till ... sedan hem till de hyrda sängarna ... kort natts sömn ... ännu en dag i livet ... det blir sig inte likt i kväll ...

någon ... tror det är Josse ... den blonde tankfulle clownen ... begåvad men förvirrad man från universitetsstaden ... föreslår att de skall leka anden i flaskan ... skratt ...

lek i stundens trängande allvar syns välkommen hos dem alla ... Halkan ... från söder ... outsidern ... utexaminerad från den berömda akademin i de tusen sjöarnas land ... vill genast rita upp spelplanen ... har inte lekt sedan barnsben ... kommer ändå ihåg hur cirklarna och bokstäverna skall tecknas ... Oliver ... den unge ... uppväxt i metropolen ... gör sitt arbete med glöd men resultaten är hellre än bra ... tvekar ... vill inte in i det okända ... trampar helst på säker mark men går till sist med på att försöka ... de andra leker gärna ...

fyrtiofem minuter före tolvslaget sitter de i den stora festsalen på vinden ... inget händer ... glaset vill inte röra sig ... de försöker i en halvtimme till ... vid midnatt ger Kim upp ... lugn och vänlig man ... djupt troende kristen ... sträcker på sig ... gäspar ... förklarar att han inte tror ... går ned till bilen och reser de få milen hem till familjen i gnällbältets hufvudstad ... de andra tar sig ned i huset ... kaffe ... de skall fortsätta ...

drivs av något ...

MESSAGE FROM GOD ...

Anländer strax innan en förebådad tyfon. Planet cirklar runt ett tag innan det får klartecken att landa. Orkanen har inte nått kustbandet än. Enligt meteorologerna skall den drabba kontinentens västkust vid midnatt. Vi diskuterar en eventuell temporär reträtt, men kommer överens om att fortsätta, då stormen inte nödvändigtvis behöver betyda nackdelar, med en smula tur kan den gynna oss ...

Risktagningens fördelar slår ut eventuella tvivel.

Hyrbilen står på sin plats och vi far utan onödigt uppehåll. Motellet vi ämnar övernatta på, när jobbet är utfört, ligger femton kilometer söder om målet vars gigantiska strandvilla, byggd ut över en hög klippa, svävar ett hundratal meter rakt ovanför oceanen.

Når huset samtidigt som tyfonen Little Willys första perifera vindar, 00.30 lokal tid, sveper in över fastlandet ...

Mannen är enligt uppgift ensam i huset i kväll. Det visar sig vara fel. Det blir vi varse när ett av fönstren är uppdyrkat och vi tyst tar oss genom rummen. Vi hör dem. Målets hustru befinner sig utomlands på en modemässa, det är alltså inte hennes kvidande vi lyssnar till. Älskaren befinner sig oturligt nog på fel plats vid fel tillfälle. Vi drar oss tillbaka till ett kontor på andra sidan huset, konfererar snabbt ...

bestämmer oss ...

MEETING GOD ...

00.30 händer det saker ... glaset ... börjar så sakta ... röra sig ... de finner det roande ... spanar på varandra för att avslöja vem det är som medvetet flyttar det ... rör sig lite trögt men det lilla dricksglaset svarar på alla frågor ... Halkan för hela tiden anteckningar ... skriver upp frågor ... glasets vingliga färd på det stora runda bordet nedtecknas ... tar en paus ... analyserar svaren ... absorberar dem som tvättsvampar ... misstänker varandra för fusk ... upphetsat fortsätter de leken ... den påstådda personen säger sig vara ande ... frågar varifrån den kommer

... svävande svar ... obegripliga ... när de frågar om lotterinummer och tipsrader får de däremot klara direkta svar och alla bestämmer sig skämtsamt för att spela kommande helg ...

ingen av de inlämnade kupongerna leder till någon vinst ... besvikelsen är väntad men ändå svidande ... tänk vilken guldgruva de kunde ha hittat ... andra natten ... 00.00 ... inget händer ... Fred sätter på en kanna kaffe ... beslutsångestens ansikte ... kan inte bestämma sig för vilken gren han skall satsa mest på ... är duktig på flera ... specialist på ingendera ... väntar ... 00.30 börjar det och den här gången har frågor förberetts ... tio var att ställa till varelsen i glaset ... den påstår att de måste ha ljuset släckt då elektriciteten i ledningar och lysrör försvagar dess kapacitet ... stör kraften ... de vill veta om den kan flytta glaset självmant ...

"ja" ber om bevis ... inget händer ... ler skeptiskt mot varandra ... vad heter den ...

"Eyf Eiyeby" kvinna eller man ...

"kvinna ... hexa" stavar fel ... frågar om ...

"hexa ... bränd på bål"

Fred frågar varför ... svaret luddigt ... obegripligt ... vid ett tillfälle frågar någon vad klockan är ... svaret blir 02.30 ... när de skall kontrollera tidsangivelsen har ingen av dem något ur ... Halkan meddelar att han har en klocka i sitt arbetsrum på samma våning ... rusar tillsammans ... de digitala siffrorna visar 02.30 ... nu börjar flera av dem känna en viss osäkerhet ... tar en paus ... Oliver tvekar igen ... det känns inte rätt och han vill avsluta ...

röstas ned ... ger sig inför grupptrycket ...

leken fortsätter ...

MESSAGE FROM GOD ...

Nu går allt fort. Stormen tilltar runt om huset, paret hör oss inte och hade antagligen inte reagerat utan vindars vrål. När vi smyger in i sovrummet ligger målet med ansiktet mellan den yngre mannens lår. Den solbrände ynglingen skriker och vrider sig under sin älskares välmodellerade silikonläppar ...

Eliminerar paret genom att med lagom kraft och precision, för att undvika blodspill, svinga våra medhavda bollträn. Ett slag var. Valdemar slår den äldre mannen i bakhuvudet, jag bedövar den yngre med ett slag i pannan, han slocknar direkt, men målet andas fortfarande. Inget blod, det är huvudsaken, inga spår får lämnas åt en eventuell polisiär undersökning. Valdemar lägger ett av de svarta sidenlakanen runt målets hals, drar åt. Någon minut senare är uppdragets kritiska inledning över. Nu väntar eftersläckningen ...

Båda kropparna läggs i var sin tunn svart sopsäck, de utslängda kläderna plockas upp från golv och möbler, läggs i säckarna som tejpas noggrant och placeras i bilens koffert. Återvänder in i huset för fortsatt städning, bäddar sängen, stänger fönstret vi kom in genom, diskar urdruckna drinkglas, låser alla dörrar och fönster inifrån. Går en rond, kontrollerar att allt ser orört ut, släcker ned hela byggnaden, knäpper på dörrlåset och stänger, checkar att det verkligen är låst, aktiverar larmet. En halv mil nedåt kusten dumpas liken, den porösa sandjorden är lättgrävd, drygt en timmes arbete från go to ready. Vinden skriker omkring oss, kropparna ligger någon meter ned i marken, hinner nätt och jämt fram till motellet, 02.30 passerar Little Willy, med en vindstyrka på upp över trettio meter i sekunden. Vi är glada över att byggnaderna här är gjorda för att stå i alla väder.

Trots det logeras vi i den orkansäkra källaren ...

MEETING GOD ...

nu är de beroende ... lindas in i det med list ... lekfullt ... var natt träffas de ... exakt halv ett sätter glaset igång ... i sommarnattens första gryningsljus slutar det att fungera ... delas in av Eyf ... i siffror ... två och tre ... två av dem är en tvåa ... han och Josse ... Halkan ... Fred och Oliver ... treor ... flera nätter frågar de efter tiden ... var gång är svaret det samma ... 02.30 ... stämmer vid varje tillfälle ...

en natt är glaset väldigt svagt ... frågar varför ... först får de inget svar ... sedan kommer det ...

"bo"

efter ett tags utfrågande kommer de underfund med att det är någon annan där ... pojke vid namn Bo ... död i späd ålder ... son till Eyf ... beslutar sig för att ta en liten rast ...

när de fortsätter berättar Bo att han blivit mördad ... sedan försvinner han ... försöker förgäves få kontakt igen ... då rör sig plötsligt glaset ... kraftfullt ...

Eyf Eiyeby är tillbaka ...

MESSAGE FROM GOD ...

Vår hyrda bil krossas under ett nedfallet träd. Ringer hyrfirman, de ordnar fram ett nytt fordon så snart vägarna är röjda från träd och skrot. Willy är klar med sin knådning av kusten, men vi tvingas vara kvar på motellet i ytterligare två dygn. Badar i havet och dricker baren tom under ett par dagars ofrivillig semester ...

Ringer Saga, talar om att allt är väl och att jag blir något försenad. Vi lånar motellägarens stora terränggående jeep, tar oss, med visst besvär trots fyrhjulsdriften, uppåt kusten. Vi hittar en fantastisk sandstrand. Picknick, dricker vin, äter och mår utmärkt gott i solen. Simmar i det salta varma vattnet då en hajfena skymtar ett hundratal meter ut ... vi beslutar oss för att det är färdigbadat. Lägger oss lojt i den heta sanden ...

Gläntar för första gången på dörren till min bakgrund, berättar om mina föräldrar, min kristna uppfostran. Valdemar skrattar gott, hostar vin. Jag faller in, vi finner oss gapskrattande i flera minuter, alla inre spänningar släpper, men magmusklerna knyter sig.

Nästa eftermiddag lyfter planet från solen, tar oss via ett par mellanlandningar in i den färgrika hösten ...

MEETING GOD ...

hon vägrar att besvara frågorna angående Bo ... låtsas eller vet ej om hans existens ... de envisas men då händer något mycket märkligt ... glaset tar sig i maklig fart genom alla bokstäver och därefter siffrorna ... förstår inte ... glaset tar sig en runda till ... när de en tredje gång påtalar sin förvirring far det runt med enorm kraft över spelplanen ... de bokstavligen slits med ... vilket gör det svårt att hålla kvar fingrarna mot glasets botten ... då och då tappar någon kontakten med glaset men det fortsätter sin vilda rusning över papperet ... går igenom varje bokstav och siffra ... träffar exakt de efter glaskanten ritade cirklarna ... inte en millimeter utanför trots den våldsamma farten ... Halkan har stora svårigheter att hinna med anteckningarna och ger upp efter ett slag ... lägger ifrån sig pennan och koncentrerar sig på att hålla kvar sitt pekfinger på glaset som till sist tvekar mellan orden ... ja ... nej ...

placerar sig på ...

"nej"

MESSAGE FROM GOD ...

Lämnar bud på huset. Mäklaren ringer igen, säljaren vill ha en högre summa. Köper det. Låter min förvaltare i alpernas dalgång klara upp affären. Ola Nilsson, affärsman boende utomlands, står nu som ägare till en mycket representativ villa i hemlandet.

Valdemar levererar mig mitt nya pass vilket är tillverkat i underjordens identitetsfabriker.

Jag är nu två personer ...

MEETING GOD ...

utan att de behöver fråga något startar det ... alla känner kraftfältet ... styrkan som omger glaset ... ingen av dem misstänker längre fusk ... nervöst följs glasets vandring ...

"a ... b ... c ... d ... e ... f ... g" denna gång rör det sig extremt fort till nästa bokstav ... tar en sekunds paus ... skjuter sedan fart till nästa tecken ... "h ... i ... j ... k ... l ... m ... n" utan att missa ringarna ... "o ... p ... q ... r ... s ... t" med samma precision som en programmerad industrirobot ... "u ... v ... x ... y" han känner kallsvetten rinna om ryggen ... magen ... "z ... å ... ä ... ö" en av dem ... minns ej vem ... frågar rakt ut i luften ... "0 ... 1 ... 2 ... 3" vem är du ... "4 ... 5 ... 6 ... 7" frågan upprepas ... "8" Eyf ignorerar den ... "9 ... ja ... nej" stannar på den nekande cirkeln ännu en gång ... tar en kort paus ... därefter rör det sig igen ... sakta nu ... mot nästa bokstav ...

"s ... a ... t" kroppshår ställer sig rakt ut från armar och nackar ... paniken ligger strax under den tysta andhämtande ytan ...

"a ... n" glaset stannar ... rör sig igen ... snabbare ...

"d ... e ... v ... i ... l"

de släpper som på en given signal greppet om glaset ... ser varandra i ögonen ... ingen säger något ... plötsligt sticker det iväg av sig självt ... far mellan honom och Josse ... slår med en fruktansvärd kraft i väggen flera meter bakom dem ... splittras mot den vitmålade spånväggen ... ett djupt hack i det tunna materialet ...

Halkan tänder ljuset ... Oliver plockar upp glassplittret ... Fred tar hand om stearinljuset ... Josse samlar ihop anteckningarna och sliter upp den fasttejpade spelplanen från bordet och ger dem av någon anledning till honom ... de hamnar i en pärm som fortfarande ... än i dag ... förvaras på kontoret ...

pratar aldrig mer om Eyf ... träffas inte längre runt det runda bordet ... livet går vidare och den skräckfyllda händelsen försvinner väl dold i allas undermedvetna ... något år senare sprids de över landet ... några av dem träffas ibland av en slump ... stöter på någon ur gruppen i ett glatt återseende ... aldrig talas det om seanserna tillsammans ... med Eyf Eiyeby ...

MESSAGE FROM GOD ...

Vår dotter föds. Är familjefader och plågas svårt av lögnen. Försöker fundera ut hur jag skall berätta om min försörjning, svårt att avslöja för sin livskamrat att hon lever ihop med en veritabel yrkesavlivare ...

Efter långa sega förhandlingar kommer vi fram till två namnalternativ, Lisa eller Elin. Saga är helt uppe i rollen som ammande moder. Jag samlar mod, men ljuger vidare. Titt som tätt läser hon om vårt arbete i dagspressen, suckar, trygg i sin ovetskap. Någon gång kommenterar hon det skrivna. Jag försöker möta hennes vilja att diskutera, med en upptagen mans svala intresse, men ett par dagar innan jul briserar bomben i vårt trygga småstadshem. Har druckit en del vin, grundat med whisky. Matlagning kräver denna dryck. En smula berusad drabbas jag av dåligt samvete.

Lisa sover i kammaren intill vårt sovrum. Sitter med var sitt glas i källarvåningen, vars innerväggar är klädda med utrotningshotat sydländskt ädelträ ... Berättar hela historien från början till slut.

Invid husgavlarna ylar vinterstormens nordanvind ...

MEETING GOD ...

alla händelser går inte att förklara med det sunda förnuftet ... kan inte bortförklaras som hjärnnonsens ... masspsykos eller naturfenomen ...

författaren sitter på podiet ... något spänd över den kommande uppläsningen ... i tre år har han kramat ur sig tecknen ... sex timmar om dagen ... tio punkter ... åttioåttatusen ord ... tvåhundratrettio sidor ... svettats över omarbetningarna ... skrivit ... skrivit igen ... skrivit om ... våndats över sin eventuella obegåvning ... bitit ned naglarna till oigenkännlighet ... nervös över svaren från redaktörerna ... ett års ytterligare väntan ... fått verket utgivet ... denna gång på ett större förlag i storstaden ... rosats av arbetarpressens recensenter ... spytts åt i borgartabloiderna ... som vanligt ... inget nytt under månen ... förutom att det finns mer pengar till reklamkampanjer ... utslängd på en längre nasarturné där ett femtiotal bokhandlar ... bibliotek ... mässor och föreläsningssalar skall besökas ... idag har ett tiotal åhörare samlats på det lilla landsortsbiblioteket ...

nedläggningshoten växer likt ogräs i den en gång så blomstrande kommunen och senast för en månad sedan lade den näst sista industrin magen i vädret ... såld till utländska intressen ... avvecklad och nedlagd ... flyttad tillverkning österut där arbetskraften är billig och underåldrig ... barn ... sålda av sina desperata ... fattiga föräldrar ... sköter nu allt det arbete de yrkesstolta landsortsborna tidigare levt på ... samhället andas med korta ... flämtande ... tag ... i väntan på den sista långa utandningen ... dödssucken ...

han rättar till slipsen ... bibliotekarien ... den vänliga lite stirrigt nervösa kvinnan i femtioårsåldern stryker bort ett hårstrå från sin brungrönrutiga veckade kjol och nickar åt honom ... det kommer ingen mer lyssnare ...

potentiell bokköpare ...

MESSAGE FROM GOD ...

Sanningen briserar urskillningslöst. Sprider splitter in i märgen av vårt trygga ombonade hem. Först möts jag av skepsis, men när allvaret i min blick understryker sanningen möts jag av skräck, oförståelse ... Ställs inför ett förvirrat, oövertänkt ultimatum, sluta eller skilsmässa.

Vi är inte gifta än. En i sammanhanget givetvis onödig ordmärkning. Hon kan inte leva tillsammans med en bödel mitt inne i sitt välsignade tillstånd, där hon tänt liv och nu skyddar lågan mot vinden. Hennes älskare och kamrat släcker ...

Vägrar givetvis jämföra mig med en skarprättare, anser mitt arbete vara av synnerligen seriös art. Hårt slit, visserligen kanske inte fullt ut hederligt, men ändock angeläget, upplyftande och utvecklande ...

Klyftan växer. På julaftons morgon tar Saga dottern med sig, reser hem till sin gamla etta med kokvrå, hon har använt den som kontor och även tagit emot en del patienter där. Ensam igen. Ingen ny upplevelse, men nu känslomässigt förkrossande. Tomheten skriker mig döv när den tjuter i mina trumhinnor. Kör hem, firar jul med mor och far. Vi har inte träffats på ett långt tag och de blir märkbart förvånade, visar dock ingen större besvikelse över mitt svek, gläds istället åt besöket. Stannar kvar hela helgen ...

Faller tillbaka i barndomshemmets trygga lunk. Förtränger verkligheten. Tyvärr slår den mig i ansiktet, likt en rak höger från en svart professionell boxare, när annandagsskinkan står mig upp i halsen, julkorven har förstoppat och syltan kväver inifrån ...

Reser hem till den innehållslösa lyxen. Ringer Saga, som kommer direkt, hon kör vår saxiska herrgårdsvagn, likt en rallyförare i stridens hetta och vi möts i en hämningslös återförening på hallmattans sträva nålfilt. Ingen av oss kan vara utan den andre.

Andas tungt ... ligger i varandra på golvet, armar och ben spretar åt alla håll, blodröda skavsår på våra svettiga kroppar.

Lisa sover tryggt i den lilla bärbara bilbarnstolen ...

MEETING GOD ...

det smätter till i kinden ... en stingande smärta ... likt ett hästbromsbett ... ordkonstnären tar sig åt det ömmande röda märket som framträder direkt ... tappar bara för ett kort ögonblick fattningen ... stryker sig ett par gånger över den värkande ansiktshalvan och rättar till läsglasögonen ... slår upp rätt kapitel ... startar uppläsningen ...

ett nytt sting ... mitt i pannan ... denna gång rycker han till så kraftigt av chocken att glasögonen faller till golvet ... de går inte sönder gudskelov ... han börjar nu känna sig förbannad ... någon satunge ...

försöker sabotera ...

MESSAGE FROM GOD ...

Vi försöker komma överens men det är givetvis omöjligt, ärendet är långt ifrån avslutat ...

Det finns utvägar. Jag kan sköta administration, strategi på planeringsstadiet, avstå fältarbete. Inte tillräckligt. Hon vill att jag slutar, men jag kan inte. Vill inte. Arbetet är min själ, jag är dessutom skickad till det, bra på hantverket. Vi diskuterar fram och tillbaka, oenas, inget som förändrar något. Saga lever vidare i sin förvissning, jag verkar i mitt värv. Vi vill verkligen ha varandra och då chocken har lagt sig börjar hon så sakteliga inse, inte acceptera eller förstå, sin älskares vardagsliv. Nu lusläser hon dagstidningarna, startar prenumerationer på allehanda morgontidningar.

I längden är situationen givetvis ohållbar och det är inte en fråga *om* ... utan *när* det är över ...

MEETING GOD ...

nu fylls han ... lika plötsligt och brutalt som av de vinande projektilerna i hans ansikte ... barndomsminne ...

fyra ... kanske fem år ... lördag ... skall gå ensam till affären med sin första veckopeng ... en av de stora händelserna i hans liv ... köper inget godis ... inte ens en hemkola ... investerar istället i sin första lektyr ... illustrerad klassiker ... Miguel de Cervantes Don Quijote ... riddaren av den sorgliga skepnaden ... möts av en raljant kommentar från någon vuxen i affären ... något om hans ålder kontra den klassiska berättelsen ... när han stolt visar upp sitt köp för mor och far blir de förvånade ...

"har du köpt en serietidning för pengarna"

litteraturen firade inte några segrar i barndomshemmet ... kioskdeckare på sin höjd ... ett av de första minnena sträcker sig så långt bak som till när han ligger i sin barnsäng ... har fortfarande blöjor så han kan inte vara gammal ... vaknar i gryningen och mor vill sova en stund till ... hon ger pojken en tjock deckare med liten text ... han ligger och bläddrar ... länge ... stirrar på de magiska tecknen ... förstår givetvis inte deras betydelse ... men inser redan deras vikt ...

ordets makt ...

MESSAGE FROM GOD ...

Hinner med ett jobb i södra landet. En taxichaufför förgriper sig på unga flickor. Polisen anser sig ha rätt gärningsman, men förövaren släpps i brist på bevis. Rena teknikaliteter. Får ta del av utredningsmaterialet, då ett av offrens far, förmögen industriledare, ordnar fram protokollen via kontakter i sin orden. Beredd att betala en ansenlig summa för jobbet.

Fort in, fort ut ... enkelt.

Valdemar tar en tur i målets taxi, åker runt i de sydvästra stadsdelarnas hamnkvarter, raderar och tar hand om dagskassan, då det skall ge sken av ett rånöverfall. Polisen lägger ned ärendet, utredningen går betydligt fortare än vanligt. Affärsmannens kontakt är högt uppsatt i polisstyrelsen och ordnar saken till allas belåtenhet.

Barn kan fortsätta leka på gatorna ...

MEETING GOD ...

författaren ser sig irriterat om i lokalen ... damer i sextioårsåldern ... kulturens stöttepelare ... på raden längst bak sitter en kvinna ... sällsynt vacker ... ung ... högst tjugo år ... hon ler ... ett väl tilltaget dekolletage ... tunn kedja med ett litet guldskimrande kors mellan hennes nästan bara bröst förgyller det han kan se av henne där hon sitter ...

författaren svettas nu ymnigt ... raseriet kokar inombords ... ilskan grumlas lite av en groende åtrå ... han lyckas alltför ofta falla för det oförstörda livet ... själv är han över femtio med begynnande flint och lätt övervikt ... den en gång så muskulösa ... av simning platta tvättbrädesmagen är för länge sedan ersatt av fettvalkar ... allt för många cognac ... för få motionspass ... för lite grönsaker ... alldeles för mycket stekt mat med gräddiga såser ... livets goda är tyvärr alltför ofta ...

dödens partner ...

MESSAGE FROM GOD ...

Hyr en våning till familjen. Saga vill ha det så. Senvinter, kallt. De flyttar in. Enkelt möblerat, funktionell skönhet. Stora ljusa rum, barnkammare, badrum, två toaletter, välutrustat kök. Litet kontor, Saga vill arbeta.

Vi träffas fortfarande. Tacksam över Sagas tystnad, hon kunde anmäla mig. Det finns givetvis inga bevis, men en utredning skulle spoliera all framtida diskretion ...

Hon är gravid igen och vi står inför ett komplicerat förhållande. Kärleken övervinner aldrig allting, men ofta famlar den sig vidare ...

balanserar på avgrundens hala livsstigar ...

MEETING GOD ...

han ryter till de församlade ... ilskan och åtrån sprakar i honom ...
stubinen håller snabbt på att brinna ut ...

han undrar vem fan det är som kastar saker på honom men möts
av tigande förvåning ... har ingen av dem märkt projektilerna ...
andetagen är tunga nu ... han frustar flåsande ... de stirriga ögonen
håller på att trilla ur skallen ... röd som en kokt kräfta i synen ...
han reser sig häftigt ... stolen han suttit på rasar bakåt över podiet ...
dunsar med ett par tunga smällar ned på baksidan och blir liggande
... ingen gör en ansats att säga något ...

"vem i hela helvete skjuter på mig"

han skriker så att saliven sprutar över den lilla publiken ... fortsatt
tystnad ... en av damerna tar diskret fram en skär spetsnäsduk ur sin
handväska i grönt imiterat krokodilskinn ... torkar sin kind torr från
spottdroppar ... författaren tar ett par snabba steg ... hämtar upp
stolen ... placerar den längst fram vid scenkanten ... sätter sig ... spanar
... glanar med ett öga stängt och det andra kisande ... misstänksamt
ut över tanterna ... alla ser mer eller mindre förskrämda ut ... den
unga kvinnan ler ... tyvärr slutar det vid munnen ... ögonen är isblå ...
kalla ... åtrån förbyts i osäkerhet ... en rysning far genom hudlagren
... från tårna ...

till huvudsvålen ...

MESSAGE FROM GOD ...

Nu dyker en ny stor kund upp, rikspolisstyrelsen. Hög chef har
informellt informerats och istället för att se till att vi anhålls, spärras
in på tid och evighet, blir vi under högsta diskretion kallade till
Hufvudstaden ...

MEETING GOD ...

blundar ... djupandas ... slutar skaka ... upprördheten avdunstar ...
kåtheten porlar dock tillbaka ... mot den hjälper inte amatöryoga ...
öppnar boken ... fortsätter högläsningen där han blivit avbruten ...
    nästa projektil missar ... hör den surra förbi nästippen ... kan känna
luftdraget när den snuddar den yttersta nässpetsens hud ... passerar ...
den kommer inte rakt framifrån ... någonstans från vänster om de
församlade ... i ögonvrån blir han varse rörelsen ... något lurar där ...
förmodligen ett barn ... busstreck ... slangbella ... så klart ... ser tvärt
åt det håll han uppfattat manövern ... kan inte se något ... böcker ...
hyllor ...
    och åter böcker ...

MESSAGE FROM GOD ...

Det tillfälliga kontoret ligger i ett rivningshus. I källarplanet har en
skrubb inretts, tavla med landets kungligheter, inga fönster, skrivbord
med bordslampa, enkla stolar, telefonfritt, pärmlöst.

En äldre herre, gråkostymerad, oklanderligt struken vit skjorta,
mörkblå slips. Erbjuder ett ytterst förmånligt kontrakt, betänketiden
är noll, ja eller nej ....

Tackar givetvis ja. Mannen meddelar att vi då och då kommer
att tilldelas uppdrag från okänd ort. All information kommer att
sändas till oss via postbox i vår hemstad, nyckeln delges oss på plats,
i ett vitt kuvert. Inga telefonkontakter, utom i nödfall, och då från
arbetsgivaren. Förskott på erforderligt utgiftsbelopp medskickas
i uppdragets informationskuvert, betalning sker samma väg, i
efterskott. All kommunikation skall ske genom postlådan.

Informeras om att det finns fler känsliga fall, likt det vi nyss löst,
där lagen står maktlös, trots övertygande indicier och bevismaterial.
Smidigt såphala, mindre nogräknade, mycket väl betalda och
intelligenta advokater får brottslingar friade, utom räckhåll för en allt

mer ansträngd, nedbantad poliskår. Scenariot som målas upp för oss är skrämmande, laglösheten är på väg mot ett oacceptabelt crescendo, kaos.

Vi förbehåller oss rätten att avsäga oss uppdrag utifall vi känner moralisk tvekan eller osäkerhet angående målets skyldighetsgrad. Vi får den rättigheten beviljad. Inga kontrakt skrivs, överenskommelsen understryks med handslag ... gentlemän emellan ...

MEETING GOD ...

han låtsas se ned i boken ... det rör sig igen ... tittar hastigt upp ... ingenting ... vad fan är det som händer ... håller han på att bli tokig ... tappa förståndet ... kanske överansträngning ... tempot är högt ... pressen är stor ... mycket står på spel ... går inte boken ihop ekonomiskt är han snart ute i kylan ... tillbaka på de små obetydliga förlagen ... det är ingen långtidssatsning av den stora förlagsbjässen ... vinna eller försvinna ... det står fullt av begåvade författare och stampar i farstun ... vill in ... kliva över den gamle lejonhannen ...

nickar åt bibliotekarien ... vinkar henne till sig ... förklarar viskande sitt dilemma ...

"någon skjuter slangbelleprojektiler"

damen ser helt oförstående ut ... ser sig ändå pliktskyldigt omkring ... viskar tillbaka ...

"det måste vara omöjligt ... det är bara den församlade åhörargruppen här" erbjuder honom en förmildrande flaska mineralvatten ... han halsar den ... rapar ofrivilligt ... ursäktar sig ... harklar strupen fri ...

meddelar att han ämnar fortsätta högläsningen ...

MESSAGE FROM GOD ...

Valdemar investerar det extra flödet inkommande kapital. Allt sedan barndomens uppväxt med morföräldrar på landet, har han drömt om en egen gård. Stor huvudbyggnad med flyglar, uthus, lador, skog och åkrar. Jordbruks- och skogsmaskiner. Till och med en egen sjö, kräftpestfri, med inplanterad ädelfisk. Tvåhundra höns följer med köpet, fyra prisbelönta avelshingstar inköps, även ett antal ston.

Besöker honom en söndagseftermiddag. Han sitter på ladugårdsplanen framför en flätad korg full av vita och bruna ägg. Ser honom på avstånd ... tar försiktigt, nästan ömt, ett av äggen, håller det inkapslade livet i sin hand, mot ljuset, klämmer sönder det ... hal gula och slemmig vita rinner nedför hans uppkavlade underarmar ... fattar ett nytt ägg, klämmer, ett krasande ...

Jag kommer närmare, ser att han måste hållit på en längre stund, pölar av innehållet ligger på marken, kläderna är solkiga, till och med håret glänser av hönsfoster i solens glada strålar, det bokstavligen rinner om honom ...

Valdemar är en dubbelnatur, charmigt intelligent och humoristiskt utåtriktad å ena sidan, mörk, manodepressiv och inåtvänd å andra, det är numer ingen nyhet för mig. Jag frågar honom vad i helvete han håller på med.

"Är jag Gud nu?" mumlar han sammanbitet, stirrar mig rakt i ögonen. Sedan spricker hans vanliga, ljusa jag fram ur dunklet ...

"Vill du ha omelett på färska sprättägg?"

MEETING GOD ...

en bok faller plötsligt ned från sin plats ... ett ljudligt dunk följt av sidprassel ... hela åhörarskaran vänder sig ... en enda massiv huvudrörelse ... som vore det tennisfinal ... åt det håll oljudet kommit ifrån ... den ligger där uppslagen ... ryggen ned ... ett utfläkt monument över besparingarna ... de nedlagda biblioteken ... den utarmade kulturen ... utkonkurrerad av intelligensbefriade kvällstidningar ... pratprogram ... skval ... såpoperor ... den så kallade seriösa journalistiken i tabloiddjungeln ... frosseriet i skådespelares familjegräl ... dansbandsvokalissors rattonykterhet ... all samhällsnyttig information vilken dagligen pumpas ut på färgskrikande löpsedlar i ett samhälle där människorna vid det här laget borde spy galla över "nyheterna" om lotteriprogramledares eventuella fortkörningar ... fackpampars porrklubbsbesök ... pensionerade tandläkares premiärbesök ... miljonvinnande mobbingoffer utan några vänner ... utom när de framgångsrikt svarar rätt i frågetävlingar ... strandsatta extroverta galningar som väljer att visa människans värsta sidor på en fiktivt öde ö ... förment kunniga personer vilka uttalar sig om saker de inte har en aning om ... politikers kontokortsblamager ...

vart tog den äkta ... sökande journalisten vägen ... troligen förtidspensionerad ... nervöst sammanbrott framkallad av stress för att klara den dagliga överlevnaden i medialand ... över att behöva vomera ut all dynga ... utsöndra all denna totala smörja vi antas behöva läsa ... glo på ... den egentliga drivkraften ... att påverka viktiga politiska beslut ... förändra denna sörja till jordklot till något bättre ... för länge sedan strypt av upplagesiffror ... kommers ...

det glamorösa ... overkliga ... säljer bättre än verkligheten ... i vår globala mediavärld lever alla lyckliga i varandras olycka ... alla vet allt om alla celebriteter vilka figurerar i alla upptänkliga versioner av utlämnanden ... före ... under ... efter olyckan ... sjukdomen ... synden ... misstaget ... nervsammanbrottet ...

aktuella filmen ... boken ... skivan ... pjäsen ... tas upp i samma andetag som skilsmässan ... för sex år sedan ... skilsmässan säljer lösnummer ...

inte konstverket......

MESSAGE FROM GOD ...

Två bröder i sydväst importerar dålig sprit från ett skälvande östland. Flera unga människor, med allvarliga hjärnskador, ligger på intensivvården med få förhoppningar om att någonsin bli återställda. Fyra barn, åtta till fjorton år, har dött av spriten. Polisen har spanat på bröderna en längre tid utan resultat. Materialet är digert, det tar mig två dagar att gå igenom. Ett knivigt arbete stundar. Lagens långa, inofficiella arm vill ha exportören, hjärnan bakom allt, mellanhänderna är ointressanta. Extra skottpengar utlovas dock i de fallen. Den utrikiske spritsmugglaren har inte avslöjat sig för polisen, bröderna är den enda vägen att nå personen.

När målet är avkylt skall det inhemska syskonparet förpassas ned i den bördiga västkustmyllan ...

MEETING GOD ...

han masar sig ovilligt fram till den uppslagna boken ... ligger där på golvet ... mellan två hyllväggar ... hånler åt honom ... en volym skriven av hans favoritförfattare ... idol ... ordkonstnären känner genast igen texten ... har själv då och då kopierat stilen ... andan ... rytmen ... ett flertal gånger faktiskt ... ingen har någonsin kommit underfund med den väl bevarade hemligheten ... trots att den nu sedan länge döde konstnären är en av de stora ...

klassiska berättarna ...

MESSAGE FROM GOD ...

Ett ändlöst spaningsarbete sätter sin prägel på vardagen. Reser runt i området för brödernas förmodade affärsverksamhet. Har nya bilar varje dag för att inte väcka uppmärksamhet hos lokalbefolkningen. Långa nätter där vi turas om att sova, spana. Givetvis tappar jag all kontroll över mitt och Sagas förhållande, arbetet tar veckor i anspråk, enda kontakten blir via telefon. Märker att vi glidit isär mer än jag trott. Det framkommer klarare över den sprakande linjen än ansikte mot ansikte. Lögnen är tydligare i telefon. När hon säger att hon saknar mig, misstänker jag att hon har någon annan där. Säger att jag älskar henne, menar det. Vemodet hugger mig med slö sabel, lägger sig som en kliande sårskorpa över hela min hud. Natten är dimmig, älvorna dansar, Valdemar snarkar. Någonstans inne i mörkret hör jag en fågel skrika ...

Det är för sent att dra mig ur. Jag hade chansen, tog den inte. Ville inte. Förstår att det som borde vara det viktigaste i världen, reproduktion, familj, kärlek, inte är det. Likt den sanna konstnär jag är, existerar jag i konsten och enbart konsten, endast den får mitt hjärta att fortsätta pumpa liv under skinnet, utan den ruttnar jag inifrån. Allt övrigt i livet är vid jämförelse lättjefull förströelse, överlevnad, dekadent självupptagenhet. Sex, prestation, att sätta sig själv på betygsskala, prissätta egenvärdet i spermieproduktion, antal erektioner. Det ter sig helt plötsligt vämjeligt. Ett heligt beslut, från och med nu skall inget stå i vägen, ingen få tränga sig emellan, någonsin, intill den dagen jag slutar att andas ...

Ett par billyktor närmar sig i tjockan på den lilla grusvägen. Puffar på Valdemar, stirrar sig yrvaket omkring.

Tills han blir varse ljuset ...

MEETING GOD ...

författaren svettas igen ... känner att det rinner ned i halslinningen ... tar upp boken ... placerar den på sin plats ... tar en lov runt hyllorna ... skall ha tag i slyngeln ... ett nytt dunkande ... han vänder sig om ... boken ligger på golvet igen ... han går ... som i dvala ... fram till det uppslagna verket ... vet redan ... samma uppslag ...

ett våldsamt raseri går som ett lavasprutande vulkanutbrott genom hans vener ... hjärnan känns som den skulle explodera ... han fångar upp boken i farten ... slänger med kraft den tunga volymen mot närmaste fönster ... ett ljudligt klirrande när skärvorna yr ... romanen flyger ut i den försommargrönskande buskvegetationen ... förhoppningsvis för alltid ...

plötsligt brister det ... kroppen skakar i konvulsioner ... ett gapskratt bubblar upp inom honom ... kan omöjligt hejda det ... faller ihop på golvet ... vrider sig i skratt ... magmusklerna knyter sig av ansträngningen ... det sticker till i hjärttrakten ... runt omkring honom samlas de förskrämda damerna ...

det sista han uppfattar innan hjärtattacken får honom att tuppa av ... den vackra kvinnan ... böjd över honom ... i halva hennes anlete sitter leendet påslickat som en fusktatuering i tuggummipaketen från hans barndom ... ansiktet ett par centimeter ovanför hans ... ögonen ... fortfarande kallt isblå ... plötsligt kysser hon honom ... smakar pottaska ... han blundar ... tar emot ... tungan spelar över hennes tänder ... vassa ... rovdjurständer ... öppnar förskräckt ögonen ... kvinnan blinkar åt honom ... ser honom intensivt i ögonen ... biter sedan ... utan att röra en min ... av honom tungan ... när han försöker skrika kommer det bara ett stön ... in i hennes nu blodfyllda mun ... han kan fortfarande förnimma hennes smak ... eroderad nysilverdosa ... cognacssnus ... med järnsmak ...

MESSAGE FROM GOD ...

Instinktivt känner vi båda att det är smugglarnas bil. Hög terrängvagn, svart, far förbi i en väldig fart, väggruset sprutar om de kraftiga däcken, röda baklyktor försvinner in i dimman. Vi kör efter med ljuset släckt. Färden blir vansklig, skogsvägen krokig, mörkret kompakt. Ser till sist brödernas bil en bit in i dunklet, har fullt sjå med att hålla oss på gruset. Plötsligt viker de in på en avtagsväg. Följer efter, inte mycket mer än ett traktorspår rakt in i den täta urskogen, fastnar nästan i de djupa lerhålen, backar tillbaka. Vi blir tvungna att fortsätta till fots, för att inte riskera att plantera bilen bland träden för alltid.

Går en lång stund. Inte ett ljud förutom vårt dämpade lufsande i hjulspåren. Då och då klafsar det till i leran, när någon av oss trampar i ett vattenhål. Lugnt och fridfullt, stillheten bryts av ett skrik i natten ...

Får oss båda att hoppa till, hjärtat tar en kort paus ... Rådjur. Plötsligt spricker tjockan upp och en klart lysande måne får den omgivande skogen att ta form, granarna omsluter oss nästan med sina kraftiga barrarmar, vill sluka oss i en stickig omfamning. Ljus framöver, ett soldattorp mitt i ingenstans, utanför står den svarta bjässen slarvigt inkörd till hälften dold i skuggorna.

Vi smyger försiktigt fram till ett av det varmt lysande fönstren ...

MEETING GOD ...

ingen reagerar när damen i den brungrönrutiga kjolen med oanad kraft lyfter upp den döende ordkonstnären ... de är alla för chockade för att få sina muskler och lemmar att fungera ... bibliotekarien placerar mannen på en liten bänk ... med snabba klapprande steg hämtar hon en handduk från personaltoaletten ... torkar honom i ansiktet ... försöker förgäves få bort blodet vilket fortsätter att flyta ymnigt ur mungiporna ...

författaren öppnar plötsligt ögonen ... stirrar skräckslaget upp mot taket ... gapar vidöppet ... försöker skrika ... en kaskad av blod sprutar ur käften ... plaskar ut över bröstkorgen ... ned på golvet ... kvinnans kjol fläckas röd ... pupillerna rullar upp ... endast vitorna syns nu ... ett stön gurglar upp ur hans strupe ...

den unga vackra kvinnan har nu boken i handen ... stoppar in den i hyllan ... lämnar platsen med snabba självsäkra steg ... går ut i sommaren ... syns aldrig mer till i bygden ... ingen av biblioteksbesökarna kommer att minnas henne ...

utom författaren ... han dör dock inte ... klarar sig mirakulöst från både hjärtattacken och den myckna blodförlusten ... välutbildad ambulanspersonal håller honom vid liv tillräckligt länge för att läkarna på regionsjukhuset skall hinna ta över ...

boken blir en succé ... ordkonstnären framlever sina dagar på sinnessjukhus ... skriver inte en rad ... stum ... tungan hittades aldrig ... trots att man sökte i magen då man misstänkte att han svalt den ... besöks av sin redaktör från det stora bokförlaget ... en gång i månaden dyker hon upp med blommor och choklad ... kommer in i hans enkla rum med ett skevt leende ... berättar för honom om lovorden från läsarna ... den pågående försäljningssuccén ... översättningarna till de olika utländska förlagen ... den jublande kritiken ... från båda lägren ... eftersom han numer räknas som kult följer även de förr så svårflörtade borgarbladens kritiker med i strömmen ...

sitter bara där ... i fåtöljen ... ansiktet stelt ... fångat i en ständig ... ljudlöst grimascherande fasa ... stirrar rakt igenom henne ... en tunn seg salivsträng rinner ur ena mungipan ... hon torkar honom torr med en pappersservett ... talar vidare ... i korridoren skriker någon av de andra patienterna ...

utanför fönstret kvittrar en höstglad talgoxe ...

MESSAGE FROM GOD ...

Tre män sitter vid ett litet rangligt köksbord. Var sitt glas, en halvfull flaska vodka. Den okände, yvig mustasch, mörkt tjockt hår, talar med armarna viftande i stora gester. De bägge bröderna lyssnar. En portfölj lyfts upp från någonstans i skuggan under bordet, den tredje mannen öppnar den, tar ut en näve sedelbuntar, placerar dessa åt sidan, grabbar tag i en hög till, räknar grovt, slänger vårdslöst ned den stora summan i en plastkasse, sveper sitt glas, nickar åt syskonen och reser sig.

Bakom oss i skogen startar en motor med ett enormt vrål. Vi

rycker båda till, rusar ut i skogen, slänger oss ned under en gran. Den okände mannen försvinner in i skogen. Ett par sekunder senare lyfter en helikopter upp i den månljusa kalla natten ...

Springer för allt vi är värda, måste hinna till bilen innan bröderna når ifatt oss. För tidigt att avlusa. Hade inte kunnat förutse det överraskande transportmedlet. Vi hinner, tydligen har de båda männen inte bråttom iväg. Förmodligen skall leveransen tas om hand. Tvungna att backa hela vägen, inte plats att vända. När vi når den lite bredare grusvägen skymtar vi billyktorna inne i skogen.

I rasande fart lämnar vi traktorstigen bakom oss ...

MEETING GOD ...

den mystiska kvinnan lämnar biblioteket ... går ut i den tryckande värmen ... försvinner nedåt landsvägen ... möter folk på promenad ... ute i olika ärenden ... ingen reagerar över den vackra uppenbarelsen ... man kan ju inte se någon som inte existerar ... i sinnesvärlden ...

traktens byfåne ... Arne Råtta ... medelåldrig ... körandes på sin gamla antika moped ... snuset rinnande ur ena näsborren eftersom han inte stoppar in sina välkramade prisar under läppen ... känd för att en gång ha knullat Larssons stora elaka folkilskna bagge i röven ... bocken blev snäll som en hushållsrulle efter det ... ingen har tagit honom på bar gärning men ryktet om sig att stjäla fotbollar lever sitt eget liv ... sägs ha flera hundra gamla hederliga läderkulor väl gömda i ett litet plåtskjul längst in på sitt skrotupplag ... driver det tillsammans med sin skinntorre åldrige fader ... fullt vital och vid god vigör ... trots de nittio fyllda ...

Arne stannar sin moped vid vägkanten ... fräser ut snuset ... fingersnyter bägge näsborrarna ... tar upp en vacker liten guldpläterad dosa ur de flottfläckiga ... mörkbruna manchesterbyxorna ... knackar hårt två gånger på locket ... lyfter på det ... kramar långsamt ... omsorgsfullt ... en pris snus av en lillfingernagels storlek ... petar in den i den andra näsborren ... stampar igång moppen ... rusar motorn ... hackar ljudligt vidare längs byvägen ...

skroten ligger ett par kilometer utanför byn ... Arne Råtta har varit och levererat en kätting till handlar Petterson vilken haft inbrott ... behöver förstärka sin bakdörr med en vakthund ... kättingen är ämnad för den nyinförskaffade attacktränade dobermannhannen Pukko ... skall logeras i en välisolerad koja på bakgården ...

några hundra meter utanför bygränsen ser Arne kvinnan ... hon sitter på en sten vid landsvägen ... ser ut att vänta på någon ... något ... de enda vackra fruntimmer Arne kommer i kontakt med ... förutom de få gånger han råkar få syn på prästens äldsta skygga dotter Anna ... är dem i de nakentidningar han har gömda under sängen i sitt gamla intakta pojkrum där väggarna är tapetserade med idolbilder av hans barndoms idrottsstjärnor ... boxare ... fotbollsmålvakter ... skridskoskrinnare ...

när han närmar sig vänder hon ansiktet mot honom och ler ... han har aldrig sett en ljuvligare flicka i hela sitt enformiga liv ... inte ens i pinupmagasinen ... lyfter handen för att hälsa ... vinglar till ... styr ... tjugotre kilometer i timmen ... rakt ned i diket på motsatta sidan av vägen ... skriker och svär osande eder då han slår knät blått i en murken stubbe ... klarar sig oskadd förutom den ömmande knäskålen ... tar sig åt benet ... svär ett par förbjudna svordomar till ... farsan är ju inte i närheten ... minns plötsligt flickan vid vägkanten ... reser sig ... borstar nogsamt bort de halvt förmultnade träflisorna ... jorden ... grässtråna ... vänder sig mot henne ... den leende ängeln är inte längre där ... spårlöst försvunnen ... Arne känner nackhåren resa sig ... rysningen går snabbt genom kroppen ... känner sig pissnödig men beslutar sig för att ignorera det ... drar upp mopeden på vägen ... trampar igång motorn ... kör så fort det går ... varmt i byxorna ... urinen rinner nedför benen ... stannar inte ... ser sig inte om ... snälla ... stanna inte ...

MESSAGE FROM GOD ...

Nedslås inte av vårt tillfälliga misslyckande. Oberäknelig sysselsättning, tålamod och kyla är A och O i yrket. Vi vet mer nu. Hur och var leveranserna sker, inte kontinuiteten, än, men snart. Byter till ett passande fordon, handlar det nödvändiga i en större stad i närheten. Tält, spritkök, proviant. Kamperar ett stenkast från torpet. Kamouflerar vår tillfälliga bostad, och bilen, med den omgivande skogens gröna barrgrenar. Likt spindlar i vårt noggrant spunna nät ... väntar vi på bytet ...

Studerar kartan. Någon kilometer in i skogen hittar vi en liten tjärn, förser oss med dricksvatten och nyfångad abborre vilket blir ett härligt grillat komplement till vår medhavda konservföda.

Natt, sitter framför en falnande lägereld, glor in i var sin värld, långt bort ... Valdemar bryter den meditativa stämningen med att fråga mig om jag någonsin hört talas om Hans Timmerman, Axel Kroks äldste son. När jag skakar på huvudet, fortsätter att läppja på min kåsa nykokt starkt kaffe, börjar han berätta historien om en av de mest ondsinta, iskalla, mytomspunna yrkesmördare som någonsin vandrat på denna sida av vår jord ...

Det står givetvis ingenstans i historieböckerna om Hans. För många år sedan föddes han uppe i norr, uppväxten är höljd i dunkel. Någon gång i tonåren går den unge mannen iväg, lämnar sina fattiga föräldrar och sina syskon i timmerkojan nedanför fjället. Den enda packningen han för med sig är en ryggsäck med ombyte, lite rökt salt kött, kniv och snus. Han vandrar hela landet, tar hyra på en treriggare ... försvinner ...

MEETING GOD ...

andetagen är nu mycket korta ... förser fortfarande min snabbt döende kropp med små stötar av liv ... känner doften av slut i utandningsluften ... minns en lång sommarlovsdag som aldrig tycktes ta en ände ... länge sedan ...

ljummet regn sköljer våra svettiga kroppar ... är med mormor ... hon sätter ned grepen i jorden ... avbryter för ett ögonblick upplockningen av de fantastiskt goda potatisknölarna ... rättar till den storblommiga klänningen över höften ... torkar sig i pannan med det jordsmutsiga förklädet ... lutar ena armbågen mot redskapets handtag och pekar mot regnbågen som syns ute över ängen ned mot sjön ...

"där" säger hon ... lutar sig över mig ... lägger armen över mina axlar ... känner hennes söta gammeldoft i mina näsborrar ... trygghet ... värme ...

"där ute slutar regnbågen ... om någon ... någonsin påstår att det finns en skatt vid den vackra bågens slut ljuger människan ... eller så vet hon inte vad hon pratar om ... där finns inget som du inte kan finna hos dig själv eller i dina älskade ... glöm aldrig att den bästa skatten är livet självt"

har hjälpt henne ösa emaljhinken full ... bära in vattnet från brunnen in i köket ... vi har plockat vildnypon vilka hon senare kommer att rensa ... koka till en av min barndoms godaste soppor ... med en klick luftigt handvispad grädde i mitten av den djupa tallriken kommer den att för evigt fastna i mina smaklökars minnesbank ...

vi har tagit upp rödbetor ... plockat brytbönor ... har förundrats över hennes sätt att locka till sig sparvarna ... hon ställde sig vid skogsbrynet med brödsmulor i handen ... lyft mot skyn ... en och en kom de flygande ... satte sig i handflatan ... medan hon pratade med fågeln pickade den ett par gånger ... lyfte ... och näste i kön gled in för landning ... hon pratade med sina krukväxter också ... tog sig god tid med var och en av den lilla stugans välmående syreproducenter ... tagit en strandpromenad invid sjön ...

jag kommer ihåg metspöt mormor täljde till ... iordninggjorde mitt livs första fiskeredskap ... en lång krokig gren ... morbror Sunes gamla nylonlina ... vinkork till flöte ... stor skarp hullingförsedd krok ... blyhagel till sänke ... satt tätt tillsammans på den lilla rangliga träbryggan ... såg tusenbröderna nafsa efter betet under den tjärdoftande ekan ... eftersom jag tyckte det var läskigt trädde hon med sina skrynkliga grovarbetsvalkiga fingrar masken över hullingen ... fyra ... fem fiskar till strykkatten ... på kvällen ... till tevenyheterna ... tar hon fram en flaska av den billiga sortens whisky ... häller upp i ett litet medicinmått ...

ser mig i ögonen ...

"doktorn i stan ordinerar mig ... för blodet"

hon stjälper i sig den lilla skvätten ... frågar om jag vill smaka ... spänt nickar jag ... hon ser ännu en gång stint in i mina oskyldiga ljusblå ...

"säg inget till morsan bara"

Maja ... hon kallades så mormor ... av stadsborna ... sommargästerna från stugorna runt kring skogen ... grundlade mitt naturintresse med dessa små ... stora ... händelserika stunder långt från världens larm ... doften av mormor har aldrig försvunnit ... lever kvar i magin en varm eftermiddag ...

i ett kort ljummet solregn ...

MESSAGE FROM GOD ...

Vid arbete som rallare i det gyllene landet i väster träffar han en liten gul man, på flykt undan sitt hemlands grymma politik. Lönnmördare, en gång hyrd av makten, men maktens positioner är lättruckade, arbetstryggheten flyktig. Efter att trofast ha tjänat, är han själv bytet då maktens män nu är motståndarsidans uppkomlingar ...

De två udda männen blir goda vänner, beslutar sig för att slå sina levnadslopp ihop. På kvällarna, efter det hårda arbetets slut, lär sig

Hans Timmerman uråldriga stridskonster samt filosofin bakom dem, lär sig hantera vapen han aldrig sett, blanda till mediciner och gifter hämtade ur naturens outtömliga lager.

Hans är en duktig elev, lär sig fort, det dröjer inte många år innan han är både snabbare och starkare än sin läromästare, nästan lika listig. Songh Tse Fung beslutar sig för att öppna eget. Songh tar kontakterna, eleven blir hans beväpning. De två visar sig bli ett ytterst effektivt par ...

De arbetar tillsammans i ett decennium då läromästaren plötsligt dör i en trivial och mycket onödig olycka. Hans fortsätter i ytterligare några år, men tröttnar på miljön, landet, tar sig hem igen. Efter att ha tjänat ihop en för tiden ansenlig summa penningar, köper han sig en liten bondgård i sin barndoms by. Föräldrarna är sedan länge döda, syskonen utflyttade. Han träffar snart Ebba, den enda ogifta kvinnan i byn. De ingår äktenskap, avlar två barn i tät följd, en flicka och en gosse. Då och då försvinner Hans från gården, blir borta några dagar, ibland veckor. När han kommer tillbaka har han alltid med sig vackra presenter i form av dyrbara parfymer, civilisationens modeplagg till hustrun, leksaker, kläder, sötsaker, skor till barnen. Hon frågar inte efter vart maken tar vägen, det gör inte en god hustru den här tiden. De lever ett anspråkslöst bondeliv, deras förhållande till varandra är opassionerat, ömsesidig respekt är fundamentet på vilket det vilar.

Hans Timmerman märker sig ha blivit beroende av själva dödandet. Tar visserligen fortfarande uppdrag då han vid sina hemlighetsfulla resor har skaffat sig de för arbetet nödvändiga kontakterna, men, de yrkesmässiga skälen till avlivande räcker ej längre till för att dämpa det pockande begäret. Han ger sig in i en, om möjligt ännu mörkare, period av mördande ...

Här tar Valdemar en paus, fyller på sitt kärl med varm dryck, spetsar med ett par droppar sprit, plockar upp en skiva av det konserverade köttet, lägger det på en bit grovt bröd, tuggar ... sväljer ... sippar gök, fortsätter entonigt historien ...

En dag gör Hans ett mer än oönskat men kanske oundvikligt misstag. Vid ett drog- och dryckeslag i storstaden slår han ihjäl en arm värdshusvärd. Det enda skälet är att Hans är högljudd, stör ett borgarpar på genomresa, värden ber honom dämpa sig något. Han har supit ymnigt hela kvällen, druckit ett av sina egenhändigt tillverkade hallucinerande giftkok, har för länge sedan tappat kontrollen över sitt tillhygge, kroppen.

Utan att kunna hejda sig dödar han mannen, lika obekymrat som en enkel hederlig person, beväpnad med en ihoprullad dagstidning, mosar en envetet irriterande husfluga i köket. Blir tvungen att i hast lämna staden, men efterlyses givetvis av lagen, tvingas ånyo lämna landet. Nu med en familj som gör anspråk på hans närvaro. Det går förstås inte att hålla sig borta hur länge som helst, kommer hem då och då. Nu frågar hustrun vad det är som sker. Han berättar, utan yviga penseldrag eller känslor, om morden som vore det en rapport om vilken vardaglig syssla som helst. Ängsslagning, valla korna åt sommarbetet, hugga ved. Frun tvingas i vånda anmäla sin make. Eftersom Ebba är djupt troende, räds hon syndastraffet om hon håller lögnen vid liv. När Hans nästa gång kommer hem, efter en kort tids flykt, väntar landsfiskalen med två medhjälpare, de tas utan större ansträngning ihjäl av honom. Jakten har börjat ...

Efter några veckor i skogen grips han till slut. Ett utsänt kompani från Kungliga Hufvudstadens Regemente får tag i rymlingen när han går ned sig i en skogsmyr. Den unge sergeant som räddar Hans från en för tidig död, genom att med en trädgren dra upp honom ur underjordens säkra grepp, belönas senare av konungen personligen, i all hemlighet. En mindre lantlig egendom faller i den stolte soldatens händer, dock med tystnadsplikt angående godsets införskaffande.

Under den följande rättegången rullas en makaber historia upp inför häpna och allt mer chockade tingsmän. Ett stort antal ouppklarade mordfall får sin lösning då Hans, i någon slags längtan efter befrielse, berättar allt. Protokollen hemligstämplas och kommer aldrig till allmänhetens kännedom. Rykten letar sig dock ut i verkligheten, sprider sig, munnar till öron, växer i omfång, men i detta fall överträffar verkligheten dikten ...

Valdemar avbryter ... ser mig i ögonen, talar om för mig att han är Hans Timmermans sonsons son.

Hans fars farfar var en djävulsk massmördare ...

MEETING GOD ...

är min nära förestående sista utandning en psykopats straff ... är jag galen min kärleksfulla uppväxt till trots ... jag vill inte tro det ... visserligen är frånvaron av skuldkänslor över mitt värv fullständig men obenägenheten att inte kunna anpassa sig till samhällets regler stämmer inte på mig ...

jag har brutit mot lagen ... med lagens inofficiella godkännande ... i övrigt har jag framlevt mitt liv inom ramen för vad en hederlig medborgare anses vara ... psykopatens brist på planering är min direkta motsats ... planering är nummer ett i deletebranschen ... givetvis med en självklar förmåga till improvisation då nöden så kräver ...

jag anser att en psykopat är en person vilken laddar ett automatvapen fullt av död ... går in på en skola... arbetsplats ... skjuter besinningslöst ... eller lyfter på telefonluren ... trycker på röda knappen ... beordrar sitt land ... folk ... att attackera ... jag har aldrig känt personlig njutning i själva raderingen ... inte hyst någon som helst aggression gentemot målen ... tvärs emot ... ibland har en egendomlig ömhet ... respekt ... infunnit sig ... jagar inte ... kan ändå förstå varför jägaren ibland sänker mynningen ... låter det vackra djuret undkomma ...

vara i Gud ett tag ...

MESSAGE FROM GOD ...

Kall vintermorgon. På himlen utanför de höga murarna kraxar kajorna omkring till synes i förvirring. Nedanför, på marken, i metersnö, slåss en del av den stora flocken om en stelfrusen matbit. Rimfrosten i bödelns skägg glittrar i dagens första solstråle ... Den svarta huvan täcker ögonen och näsan, tunna sammanbitna vita läppar syns under den fransiga tygkanten. Rök ur munnarna på alla närvarande. Fem allvarliga män. I en glugg ovanför skådeplatsen står en av dem, direktören, han nickar till sin närmaste man, försvinner in i byggnaden utan att bevittna det efterföljande ...

Föreståndaren läser upp domen. Fängelseprästen mässar några korta rader om syndernas förlåtelse. Mannen under det grova repet visar inte någon som helst känsla, rädsla eller ånger. När skarprättaren ämnar täcka hans huvud, ruskar han på skallen, frågar med myndigt klar stämma, utan vibrato, om han kan få en pris snus. Bödeln nickar, tar upp sin näverdosa, kör ned tre fingrar i tobaken, gräver upp en rejält tilltagen mullbänk, stoppar in den i munnen på den dödsdömde. Med tungans hjälp föses tobaken på plats, spottar svart, beordrar sin yrkeskollega att sätta fart, de har ju inte hela dagen på sig. Dra ut på eländet gör ingen av dem gott. Dessutom är det förbannat kallt ute ...

Bödeln skrattar nervöst åt skämtet i stundens fruktansvärda ynklighet, drar utan vidare tidsspillan snaran över huvudet, placerar knuten där den effektivast skall knäcka nacken på den dömde, tar ett steg bakåt, drar i spaken som får den knarrande luckan att falla ...

Trots att Hans Timmermans nacke knäcks sekundsnabbt, likt en torr trädgren under höststormens kraftiga tjutande, dör inte mördaren direkt. De församlade männen tvingas åse en utdragen dödskamp. Sparkandet i en kvarts timme, med urinen skvättande kring benen, väsandet efter frisk oåtkomlig luft, tarmarna tömmande sitt innehåll. Dödsstanken är vidrig. Alla männen är erfarna vittnen, vänder sig ändå bort från plågan. Föreståndaren böjer knä, missfärgar innergårdens nysnö med gårdagskvällens nattvard ...

Till sist står inte bödeln ut, tar tag i de blötstinkande benen, hänger sig med hela sin tyngd i offrets skanker. Slutet kommer, gudsmannen svimmar, Axel Kroks äldste son, Hans Timmerman, avlider ironiskt nog på sin födelsedag, trettiofem år gammal ...

sjutton minuter efter dödsstraffets utverkande ...

MEETING GOD ...

på avstånd ser det ut som om den blonde mannen krälar runt planlöst på den långa sandstranden ... kanske ett fyllo ... iklädd mörkgrå skrynkliga kostymbyxor ... vit solkig svettig skjorta ... ingen slips ... barfota ... vid en närmare anblick noterar en normalt begåvad person den kompromisslösa koncentrationen ... arbetet med de senigt muskulösa armarna ... klösandet med de nagellösa skelettmagra fingrarna ... efter en stund reser han sig ... tar några snabbt backande steg ... sätter händerna till höfterna ... värderar sitt arbete ... tydligt missnöjd faller han åter på knä ... skrapar i den lena sanden ... fortsätter kratsa med sina blodfyllda levande verktyg ...

det tar flera timmar in på den spisheta eftermiddagen innan mannen vid en ytterligare kontroll nickar förnöjsamt ... det är nästan fullbordat ... nu återstår bara detaljer ... ett komma här ... en punkt ... nej ... ett utropstecken ... de ljumma havsvindarna fläktar hans ostyriga hår ... slingor far runt ansiktet ... verkar inte medveten om det ... nu reser sig mannen försiktigt ... utan jäkt ... det är färdigsuddat nu ... redigerat ... läser ännu en gång det skrivna budskapet ... meterhöga bokstäver ... ett gigantiskt brev ... formulerat i sand ... tio meningar ... två stycken ... elva rader ... etthundrafemton ord ... sexhundrafemton tecken ... skulle någon storleksnymfoman mäta meddelandet skulle måttstockens resultat visa på trettiotre meters bredd ... femton meters höjd ...

nu ler mannen för första gången på mycket länge ... kan inte komma ihåg någon gång i sitt liv då han varit mer upprymd ...

fullkomlig ... nöjd ... tar upp kavajen som ligger slarvigt slängd över de välputsade skorna ... fiskar upp en obruten halvflaska whisky ur innerfickan ... håller buteljen mot ljuset ... njuter ett slag av den varma guldbruna tonen ... den glimmande solen genom flaskans välgörande innehåll ... ett tydligt gnisslande ... ett basigt plopp ... högtidligt ... ömt ... förs flaskhalsen till näsan ... blundar ... drar in doften ... djupt ned i lungorna ... som vore det en luftpuss marijuana ... fuktar munnen med ett par droppar ... låter alla sinnen glöda av den i många år lagrade drycken ... han har sparat denna stund länge ...

nu dricker han en stor klunk ... sköljer munnen nogsamt ... sväljer ... alkoholen verkar direkt ... det var så länge sedan ... tar en djup mun till ... sätter sig några meter bort ... tittar ut mot havet ... dricker leende upp resterande innehåll ... nu är han tveklöst berusad ... oerhört lycklig ... inte av fyllan utan för att han vågade skriva ... gått länge på firman ... arbetat med siffror ... andras siffror ... hela tiden drömt om att nedteckna orden ... hans egna ord ... utan att våga ...

sätter den handrullade cigarren i munnen medan han letar efter tändstickorna ... hittar asken i fickan ... fuktar med tungan den mörka tobaken ... snoppar av med tänderna ... spottar ... drar eld ... njuter en stund till ... stillheten är havet värd ...

det är dags ...

MESSAGE FROM GOD ...

Sitter länge tysta. Valdemar vevar runt i glöden med en pinne, gnistorna yr i mörkret. Han ser sorgset på mig.

"Det finns ett brev ... " han viskar.

Hans fars farfar skrev det, ett slags dokument över en mycket sjuk man. Och ett testamente. Det skrevs de sista veckorna innan straffet utmättes, under rättegången.

Han satt på nätterna, i ett stearinljus sken, med en blyertsstump. Nedtecknade sitt psyke ...

MEETING GOD ...

det finns en stund i livet då allt är klart ... med det menas inte att det är färdigt ... sekunderna av absolut klarhet brukar inträffa just efter att man har druckit lite alkohol ... minuten innan berusning tillträder ... man kan se saker som annars inte märks ... vare sig man är nykter eller full ... synskärpan är örnens ... kikarens ... förstoringsglasets ...

alla detaljer framstår knivskarpt ur det trista ... förstärks ... blir vackra ... klara ... kunde man vara i dessa stunder för alltid skulle man förmodligen stämplas som galen ... spärras in på obestämd tid ... men en dos då och då ... får människan att inse tråkighetens verkliga skönhet ...

MESSAGE FROM GOD ...

Valdemar räcker över ett mycket gammalt brev, av åren mörknat, skört, det ligger inuti en hopvikt plastficka.

"Har det alltid på mig." Han talar med ett lätt knarr på rösten, ser ned i rödglöden. Jag tar försiktigt fram det gulnade kuvertet ur det blanka, lite kalla skyddsomslaget, för med darrande fingrar ut de lövtunna bladen, vecklar högaktningsfullt ut den första sidan. Ansträngt liten text, pedantiskt tätt mellan orden, snirklig och svårläst handstil.

"Min son ..."

MEETING GOD ...

sandbrevskrivaren drar nu upp ett stort vitt kuvert ur kavajens innandöme ... frankerat ... adresserat ... härligt medveten om att stranden är öde när han lustfyllt låter sitt vatten ut i havet ... kuvertet sitter säkert mellan tänderna ... kuken hänger fritt i saltstänket ... armarna avslappnade nedför sidorna ... när han är klar tar han några bestämda steg in i den enorma skriften ... böjer knä ... sopar upp en handfull sand ur mitten av verket ... låter den rinna ned i kuvertet ...

slickar ... klistrar igen ... klär sig ... skor ... kavaj ... låter slipsen ligga kvar i fickan ... går mot strandgräset och vägen bortanför ...

följer landsvägen halvannan kilometer ned mot det lilla samhället ... brevet läggs på lådan vid ortens poststation ... bilen står parkerad vid restaurangen på andra sidan gatan ... startar utan bekymmer ... fordon i den här klassen går alltid igång ... kör tillbaka efter vägen ... lugnt och försiktigt ... fortfarande berusad ... vill inte köra av vägen ... stoppas av lagen ... inte när han kommit så här långt ... fyra ... fem kilometers färd uppför höjden ... stannar bilen intill kustvägen ... motorn viskar på tomgång ... ser ut över havet som glittrar långt där nere ... rusar maskinen några gånger ... trampar gaspedalen i botten ... släpper upp kopplingen ... just innan bilen ... skrivaren ... krossas på klipporna ned mot vattnet hinner en tanke fara igenom honom ... allt är lycka nu ... inget kan störa medvetandet längre ... tanken smeker i en evighet ...

med bägge fötterna stadigt på jorden fastnar drömmarna i leran ...

MESSAGE FROM GOD ...

Önskar jag hade möjligheten att be dig ock den så upphöjde Gud om förlåtelse. Tyvärr äger jag dem ej i min hand, hvarken känslorna, ej heller intet av tron. Förnimmer förvisso någon slags affekt gentemot min afkomma, hvar trygg, det är stora åthäfvor att komma från din fader. Ta hand om systern, jämte modern. Låta dem ej försmäkta, ej heller råka uti onåd. Tillgångar finnes. Du hvet nog hvarledes stora granen står. Följ den lilla renstigen mot Rykfjället till, en halfv dags fotmarsch, kort innan martallarna tar hvid, står där en grofv jätte. Tag tio, kanske ett dussin steg i ditt fall, rakt söderut, beläget å en famn ned uti myllan utlofvas en kista af hvärdefyllda papper rikhaltighe, deribland penningar af silfver ock guld samt aktiebref af omfattning hvaraf ni lär kunna utfodras resterande delen af edra lifv. Därom tvifvlar jag ej. Följ för djäfvulen ej i mina fotspår. Ingen lycka har genombrunnit midt blods ådror, någonsin. Lär dig respektera, älska, älskas af medmänniskan, intet har jag lefvt igenom. Det är icke utan en hviss förstämning jag lemnar eder eljest där jag hamnar, aldrig kommer att kunna följa mina ätteläggs utveckling till färdiga menniskopersoner. Känner ingen ånger öfver mitt värf, ehuru hvad är, är. Mitt kall, min uppgift i lifvet torde hafva hvarit hvad den hvarit. Du kanske inte önskar hålla med mig uti denna sak. Under sådana omständigheter är det så godt som något, då hafver du gjordt dig ett egethändigt hval. Mitt råd till dig, förutom att taga en annorlunda stig, blir väl att begifva dig till staden när du blifvit tillräckligt till ålder, studera, och därtill äfven lära dig ett samvetsrent ock hederligt förvärf. Sky ingen möda. Vetenskap kommer att vara uti den nya tiden, ni skola möta stora förändringar, om detta är jag öfvertygad till fullo. Möt det nya väl rustad, ock till välde öfver dig själf. Vi anse stundom att vår tid är oss öfvermäktig. Ock att vi äro alltför små samt obetydliga för att kunna gifva upphofv till någon som helst förändring åt det bättre. Det är nog till all olycka en sanning om du lifvet framlefver obemedladt. Framdeles kommer människan att finna sitt lifv ännu mindre hvärdt, penningen alltom till hvärdedt mäktighe. Nyttja ärfvt kapital klokt så reder du dig godt.

Far.

MEETING GOD ...

nedärvda eller egna minnen ... eller bara hallucinatoriska drömmar orsakade av den myckna blodförlusten ... vet inte ... däremot vet jag att det susar i öronen när blodkropparna springer i väg ur kroppen i den livshotande mängd som nu sker ... samma slag av susande som när man sovit för lite ... när man varit vaken två ... tre dygn i sträck ... när man egentligen borde gå till sängs men måste hitta den där sista ordformuleringen först ... eller ackordet ... vilket kommer att förlösa sången ... en dikt dyker upp ... läst den ... kanske skrev jag den själv ... för mycket länge sedan ...

jag hittade ditt hårstrå idag ... det låg på min kudde ... doften av dig
var borta men ditt hårstrå låg kvar ... långt ... svart ...
jag borstade bort det ...

MESSAGE FROM GOD ...

Vi störs i arbetet. Mobil nödradiosignal, kod orange. Det har inte
hänt förut. Avbryt allt, nytt uppdrag. Måste vara av stor vikt. River
förläggningen, flyger till Hufvudstaden i en hast. Styckmord,
prostituerad kvinna. Åklagarna är inte intresserade av flickans öde,
har helt enkelt inte tid, viktigare karriärmål väntar. Träffar den
gråklädde mannen igen, nu i en något annorlunda lokal ... pråm i
hamnen. Inga möbler över huvud taget. Brädhög, några presenningar
är allt som finns nere i lastrummet.

"Ber om ursäkt om jag ställer till det för er", smeker han med
vänlig basröst, utan att mena ett ord. "Ytterligare en hora är mördad.
En ungkarl, känd profil från televisionen, har drogat sexmördat
styckat och dumpat fjärde ludret på fyra år. Seriemord. Samma dag på
året, tillvägagångssättet exakt likadant. Detaljer!" Han sträcker över
ett kuvert. "Vi är fullkomligt övertygade om att han är skyldig. En
tjej på span har nystat lite, men ingen har brytt sig riktigt ordentligt.
Tidsbrist. Indeprioriterat. Till igår ... "

Offret visar sig vara den sjuttonåriga dottern till riksdagens
oppositionsledare ...

MEETING GOD ...

programledaren har en liten blänkande svettdroppe i pannan ... vid
reklampausen är sminkösen där ... duttar ansiktet lite lätt med en
frottéhanduk ... därefter viftar hon frenetiskt med tygtrasan en kort
stund framför den välkände mannens ansikte vilket brukar le vänligt
mot fotografen på bilderna i tidningarnas programbilagor ... ser då

nästan ut som vilken snäll farbror i femtioårsåldern som helst ... nu är inte de isblå pupillerna ... likt i tryck ... strålande glada ... vänliga ... studions strålkastarljus uppdagar elakheten ... bitterheten i de på vilken annan människa som helst vackra ... klara ... ljust blå ögonen ...

hon bättrar sminkningen med krämen som får ansiktet att se normalt ut hemma i tittarens mottagare ... därefter pudras de glansiga fläckarna ... kameran ljuger inte men sminkösens yrkesskicklighet bedrar betraktaren ... studiomannens utrop ... tjugo sekunder ... får henne att snabbt samla ihop sakerna till sin magiska väska ... när hon skall gå känner hon som vanligt mannens hand i skrevet ... hon är van ... den ärrade studiosminkösen har varit med förr ... vet att de flesta manliga programledarna är svin ... i denna klart kastfyllda bransch existerar inga fackligt erotiska frizoner ...

MESSAGE FROM GOD ...

Inga problem. Känns bra att röra på sig efter den långa väntan i skogen, omväxling i arbetet. Tar in i ett redan beställt hotellrum mitt i centrala staden. Ännu ett enkelt, väl betalt arbetsmoment. Bestämmer oss för att ta målet sent, när han lämnat studion efter sin dagliga kvällsshow i en av reklamkanalerna.

Eftersom mannen är vida omtyckt finns ingen direkt hotbild. Snålheten från bolagets chef, multimiljonären Jöns Lerflod, plus tevestjärnans självgodhet, gör att det inte existerar några som helst hinder i aktionen. Det vill säga livvakter. Vilket i och för sig hade varit ett smärre bekymmer. Det finns inga bodyguards av dignitet i vårt lilla land, bara stora anabolstinna hannar som möjligen avskräcker en amatör från att hitta på något dumt. Tyvärr stoppar de ingen yrkesman. Dessa så kallade livvakter är alltid, utan undantag, säkra i och samtidigt utlämnade åt sin imponerande storlek, vilken bara gör att de faller tyngre.

Programledarens taxi bromsar in utanför en av nyrikvillorna i det fashionabla bostadsområdet. Huset är byggt i sydländsk stil, med vitt tegel och omgivande murar. Televisionskändisen betalar, utan att ge en sekin i dricks. Chauffören muttrar något ohörbart, river iväg den germanska dieseln med tjutande däck, röda baklyktor försvinner längs vägen. Mannen går in genom den välvda grindportalen, rotar i rocken efter nycklarna, når dörren samtidigt som den rätta nyckeln i den tjocka knippan är framplockad ...

MEETING GOD ...

studiomannens nedräkning har nått fem sekunder ... televisionsstjärnan tänker tyst för sig själv ... ett tusen ett ... ett tusen två ... ett tusen tre ... klistrar på sitt officiella lismande leende exakt en sekund innan det röda ljuset på kamera ett tänds ...

"som jag lovade innan våra sponsorer bröt för ett kort meddelande har vi med oss här i kväll den skönsjungande låtskrivaren Glirup"

producenten informerar snabbt och yrkeskunnigt kamera två att den just nu är i bild ... beordrar sedan kamera tre att vara redo för en helbild av de bägge självbelåtna männen ...

"hur är det nu för tiden kompis ... sitter du bra ... det var ju ett tag sedan vi träffades sist"

utan att vänta på svaret lägger han upp ett flatskratt ... fortsätter vant ordbajsningsintervjun ...

"hur tänker du egentligen ... Glirup ... när du formulerar dina genialiska rader i sången ... Värst är det när det regnar ... som just nu ligger och sliter ut våra öron i etern ... hur lider du fram dessa själens innersta ord"

nu citerar programledaren texten från en stor fusklapp vid sidan av kamera ett ... han är själv aldrig intresserad av att lyssna på musik när han är ledig ... än mindre på den totalt obegåvade striphåriga slyngelns skräniga skit ... har aldrig hört den nya hitlåten ...

"vicka' ben ru' hade på rej' då ... vicka' kul grejer vi hitta på

… värst e' re' näre' regnar … jag saknar rej' så … vilka fina rader … kompis"

innan popstjärnan hinner svara kastar programledaren ett öga på studiopubliken vilken genast börjar skrika av upphetsning … kamera fyra täcker upp … i rutan hos tittarna ser man dem nu stå upp i bänkarna … hoppandes … viftandes med olika banderoller … vi älskar dig Assbäck hälsningar från familjen Ljunggren … heja bajjen … en del tar av sig sina sportkepsar … viftar med dem i luften … en otroligt fet man sitter fortfarande … en ölflaska i ena näven … tuggandes på en dubbel jättehamburgare … programledaren ser mannen i sin monitor … reser sig … stegar kvickt och med pondus rakt ut i salongen … en studiotekniker med en lång mikrofonstång följer efter …

MESSAGE FROM GOD …

Jag står i skuggan bakom en garderob i hallen och väntar. Han kan omöjligt se mig i dunklet. När mannen öppnat dörren, tänder han tamburens milda belysning, tar några steg in på det stenbelagda golvet. Ett ljudligt prassel får honom att se ned. Förvånad, ser han sig stå mitt på en stor grön plastpresenning. Två snabba skott i hjärttrakten får honom att falla baklänges, rak i ryggen som en fura. Huvudet klockar i det övertäckta golvet med en dov basduns, snarlik den, då en träklabb tappas från huggkubben, ner på den flisbemängda marken. Jag tar några kliv in över plasten, skjuter ytterligare ett ljudlöst skott, nu från nära håll, i huvudet, för att markera en slags professionell brutalitet … givetvis helt onödigt, men vår uppdragsgivare ville av någon anledning ha det så.

Valdemar kommer in från trädgården, vi rullar snabbt in målet i presenningen, bär ned paketet i källaren och stoppar in hela jobbet i den stora mattvättmaskinen. Valdemar laddar maskinen med tvätt- och sköljmedel, jag noterar att det senare doftar äpple, programmerar den, grovsmuts, nittio grader, trycker på startknappen …

Några timmar senare, i det första gryningsljuset, slår vi upp baslägret på samma plats som förut, kryper utmattade ned i våra sovsäckar, vilar till långt fram på eftermiddagen ...

Drömmer ... sitter på en brygga tillsammans med en av min ungdoms vänner, gäddmetar, äter rökt lökkorv och dricker en pilsner. Suger sedan på var sin god snus och en tandpetare, stirrar på flötena som sakta flyter omkring en bit ut i den spegelblanka sommarkvällen.

Det nappar ...

MEETING GOD ...

"tjänare kompis"

televisionsmannen skriker genom det kraftiga tjoandet ... publikens röststyrka gör att ljudteknikern får dra ned utljudet till nästan noll för att det inte skall bli distorsion hemma i folks högtalare ...

"vill du inte ha något finare att tugga på"

den fete mannen försöker säga något men det resulterar bara i att bänkgrannen får dressing på byxorna ... nu tittar stjärnan förtroligt in i vardagsrummen ... meddelar att hamburgerkillen skall få gå på middag ... under sändningstid ... ett bord är beställt på en lyxkrog i närheten ... mobilt teveteam skall följa med ... sända det spännande händelseförloppet ... den fete försöker inte protestera ... spottar glatt ut köttugg och sallad i en ... av en studiovärdinna ... framräckt soppåse ... följer sedan regiassistenten ut mot kändisskapet ... i kväll skall han få vara med i teve ... han ler lyckligt in i den förföljande kameran ... vinkar ... ljusbrun dressing stänker från hans viftande högerhand ... nu är programledaren tillbaka i sin fåtölj ... den bortglömda popstjärnan ser förvirrad ut men skärper till sig när han inser att han är i bild ... nu ser han lika cool ut som på idolaffischerna ... lutar sig lite slött tillbaka och väntar på att få börja berätta om sin nya ... heta ... skiva ...

"nu ett par ord från våra sponsorer" meddelar den leende

pratshowsstjärnan ... slappnar av då han inte längre är i bild ... "det här gick ju toppenbra kompis" säger han och tar popnissen ... vad han nu hette ... det har han glömt ... i handen ...

"vi syns"

i monitorerna visar ett aktieportföljsföretag en till synes egen inspelad reklamfilm ... vad inte tittarna vet ... är att den är producerad av en känd filmregissör som tjänar mångdubbelt på reklamfilm i stället för att ägna sig åt sina prisbelönta ... men föga inkomstbringande ... konstnärliga långfilmer ...

MESSAGE FROM GOD ...

Spaningsarbetet går sin gilla sittning. Dagar av till synes onödigt lyssnande och gloende, ändlöst tråkiga konservintag som lämnar mig tom. Längtar efter min mors omsorgsfullt tillagade söndagsstek med gräddsås och färskpotatis, serverad med kokta nyupptagna morötter. Och saltgurkan. I lagen som enligt mormors gamla recept bör innehålla en rejäl bit ingefära vilket ger sältan en härligt pikant bismak. Vinbärsgelé. Och till det vatten, eller vid festligare tillfällen, ett glas rött ...

Den ljumma burkpölsan jag slevar i mig just nu mättar visserligen, men känns ack så trist mot gommen. Vi pratar inte så mycket längre. Veckor i detta vakuum minskar samtalsämnena radikalt.

Det svänger fort från leda till lycka i spanarbranschen. Tidig morgon, just i gryningen, väcks inte som vanligt av en frukosthungrig gröngöling. Först den välbekant mullrande åttacylindriga motorn. Sedan är helikoptern tillbaka. Korrigerar morgonpisseståndet mot en liten gran, drar in ett par djupa andetag av den friska skogen, skakar av, lägger in en prilla cognacsnus. Sedan arbete.

Valdemar och jag är väl förberedda den här gången ...

MEETING GOD ...

nedärvd eller präglad ondska ... är vi som den kristna religionen påstår ... onda redan som foster varför vi måste döpas in i godhet ... jag misstänker det ... måste nog sträcka mig så långt som till att det de facto är min tro att det är på detta vis ... kan kosta på mig det nu ... finns ingen återvändo ... räddning ... tror inte att en kyrkans man kan tvätta bort den medfödda mänskliga ondskan från ett nyfött spädbarn ... bara trösta ett slag ... tills verkligheten slår en kraftig magsup i mellangärdet på godhetens skyddsängel ...

sekundsnart vet jag hela sanningen ... undrar om det finns någon möjlighet att meddela det stora sanna till någon om jag nu skulle ha fel i sakfrågan ... Gud eller ingenting ... vad finns i ljuset jag anade för ett ögonblick sedan ... eller i mörkret ... det dyker nämligen upp ett barndomsminne igen ... det kan kanske förklara en del om min inställning till frågan god ... ond ...

pojken ser nyfiket de små svarta myrorna kila in och ut genom sprickan i asfalten nedanför trappan till kemtvätten i kvarteret där familjen bor ... han är i förskoleåldern ... fem ... kanske sex år ... insekter strävandes med laster som långt överstiger deras egen vikt ... de ser konstigt nog glada ut i sitt anletes slit ... glädjen smittar av sig ... grabben skrattar högt åt de lustiga varelserna medan han plockar fram det hopvikbara förstoringsglaset ur vårjackan ... solen tittar just fram bakom molnen ... viker ut den tjocka linsen ur det mörkbruna fyrkantiga läderfodralet ... det skall bli en varm dag enligt meteorologerna i gårdagskvällens tevenytt ... ett fem minuters avbrott ... andpaus ... i den läskiga filmrysaren ... monstret i svarta lagunen ...

MESSAGE FROM GOD ...

Som vanligt under själva arbetsmomentet går det fort, allt är redan förutsett och planerat. Bröderna avpolletteras kvickt och ljudlöst då de väntar utanför stugan, anser det vara smidigast att röja ogräset innan vi gräver upp och utrotar. Båda biter i marken framför en enorm krusbärsbuske, den doftar ljuvligt och jag drabbas av hemlängtan, kan inte motstå att smaka ett av de sura omogna bären. Underbart ... Plockar en handfull gröna ludna frukter, stoppar dem i jackfickan. Hjälps åt att dra in jobbet i huset. Inte mycket blod att städa då målens hjärtan slutat pumpa i samma ögonblick kulorna genomborrat de två musklerna. Väntar i det angränsande sovrummet tillsammans med de forna spritsmugglarnas kvarlevor.

Det är den mustaschprydde igen. Vi ser honom komma lufsande mellan barrgrenarna. Det enda ljudet som når oss, är husets egna knäppanden ...

MEETING GOD ...

den första arbetsmyran viker sig snabbt i den brännande strålen från linsens förstärkning av solens livgivande ljus ... den andra sätter fart med elden bokstavligen i baken ... det lilla djuret börjar ryka i språnget ... faller sedan ... brinner ... de små kolkropparna ligger snart mångtaliga runt om på asfalten i den härliga första vårdagen ...

vad är oskuldsfull nyfikenhet ...

vad är ren ondska ...

MESSAGE FROM GOD ...

Vi placerar den chockade östländaren i en köksstol, binder honom. Känner mig kaffetörstig. Tar fram en panna, letar upp en burk som visar sig innehålla kokkaffe, måttar upp vatten från en hink på köksbänken och skedar i bönkross, sätter den på värmeplattan ... strax puttrar det inne i emaljen. Först vägrar han yppa ett ord. När mannens högra armbåge är krossad, får vi efter en stunds förhandlande fram hans namn, Vladimir Vlytjewko. Kan vårt språk, visserligen lite haltande, men mannen har tillbringat tid i landet, det märks. Nu är han lätt svettig i pannan. Smärtan måste vara fruktansvärd, men mannen är tydligen av den mycket uthärdande typen, förmodar att det är en veteran i sitt lands digra annekteringshistoria ...

Jag sippar på kaffet ur en stor mugg, kokhett, starkt och mycket gott. Tyvärr tvingas vi ta i lite ... fixerar den vänstra underarmen på köksbordet. Hotet om avhuggning resulterar bara i ett hånfullt leende ... Tvingar in en tygtrasa i munnen på honom, binder om, knyter ordentligt för att spara våra öron, hugger av honom den vänstra handen med en yxa. Arbetsgivaren var tydlig, hjärnan bakom affärerna skall släpas fram ur sitt hål. Vi tvingas lämna huset en stund, trots munkaveln. Står i gläntan. Dricker ur muggarna och hör på avstånd vår gröngöling hamra ut larver, inne i köket knackar köksstolen mot golvet. Efter att ha vrålat i en kvart pratar Vladimir som ett glittrande vattendrag, bryter, men talar grammatiskt perfekt.

Avlivningen sker däremot smärtfritt ... Efteråt placerar vi de tre jobben som det var sagt, djupt i den näringsrika myllan. Helikopterns pilot avförs sedan ur flygregistret och får dela plats med sin arbetsgivare. Fyller igen gropen. Flygmaskinen kommer att tas om hand, plockas ned till sina beståndsdelar, studeras av sekretessbelagda, militära vapenexperter ...

MEETING GOD...

omtöcknad drömdimma ... ur foggen tränger outhärdligt mänskligt tal ... oljud ... några ord skriker likt långa naglar mot en griffeltavla ...

den ständige förstöraren bär på en evig oro ... att inte bli sedd ...

hur ond måste en människa vara för att till sist inte ens bli sedd ... lämnas i glömska av alla ... till och med sina barn ... hur ont måste ett samhälle bli för att det skall vara möjligt och hur lång tid tar förvandlingen från folkhem till ... mitthem eller minhem ...

kommer ihåg en sate som hittades död efter sex år ... smaka på det den som vill ...

sex år ...

liket var mumifierat och ingen av grannarna hade känt någon som helst lukt vilket är vanligt i fall där människor ligger och dör i tystnaden av ingen ...

istället hade de svarat polismännens utfrågningar med ett likgiltigt ...

"ja ... han har ju inte setts till på ett tag"

ingen hyresvärd hade heller reagerat då socialförvaltningen sin vana trogen ... skötte hans hyresinbetalningar direkt utan kontakt med sin klient ... eller kund som det kanske kallas nuförtiden ...

inte heller anmäldes hans frånvaro av någon nära vän eller bekant ... innanför dörren till lägenheten låg drivor av reklam men inga personliga brev ... hur upptäcktes kroppen frågar sig den vetgirige ... en serviceman var sänd att installera brandvarnare i områdets bostäder ... han gjorde förmodligen sitt livs värsta upptäckt ...

mannen var femtiofem år när han lämnade in sitt definitiva avsked till livet ... frånskild ... pensionerad med två vuxna barn som inte saknat honom ... vad hade hänt i den familjen ... hur kunde det skedda ske och vem hade tillåtit det ... det förtalte inte historien men det ställer en öppen fråga i ett modernt väldokumenterat samhälle ... i den datoriserade och registrerade samt kontrollerade tid som är vår ...

varför ...

MESSAGE FROM GOD ...

Det krävs en hel del planering. Huvudmannen och dennes närmsta underhuggare, fem män samt två kvinnor, skall raderas i sitt hemland ...

Visserligen är den forna mäktiga björnen i förfall, vilket gör det klart mycket enklare att befinna sig där, men samtidigt farligare. Ett antal maffialiknande ligor styr från Hufvudstaden, sammanlagt fyra kungar med sina hov. Tungt beväpnade krigsveteraner, inga anabolbjässar för gallerierna. Här härskar våld. Störst pistol, störst kungarike.

Vårt mål är spader kung, en av lekens fyra.

Ingen av dem har mött jokern ...

än ...

MEETING GOD ...

vill så gärna leva ... hostar blod ... dåligt med syre ... förmodligen är högerlungan punkterad ... alla skotten träffade inte vitala delar men några letade sig in i mina inälvor ... skytten hade en smula bråttom ... annars hade jag inte kunnat minnas nästa sekvens ... den far genom min hjärna likt en sval vindpust mot kinden en ovanligt het sommardag vid havet ...

hanhunden är stor ... har rymt från något ... står mitt på stigen i stadsskogen ... vet inte namnet på rasen ... kraftig ... muskulös ... visar tänderna ... morrar dovt nedifrån strupen ... den korta ljust bruna pälsen står rakt i den tjocka nacken ... mungiporna rinner floder av dregel ... de små öronen är vikta bakåt ... svansen mellan bakbenen ... när som helst nu ... anfaller den ...

MESSAGE FROM GOD ...

Utger oss för att vara vapenhandlare, led i en kedja till ett krigiskt arabland. Påstår att vi är ute efter ett antal stridsflygplan, pansarvagnar, luftvärnskanoner, även en båtlast automatvapen av högsta klass är på önskelistan. Enda sättet att locka fram kungen av kungar är att erbjuda mer guld än det som redan finns i hans skattkista ...

Vi bor i en luxuös svit på ett av stadens anrika, nu nyrenoverade hotell. Vår kontaktman letar upp oss den femte kvällen. Sitter som vanligt i pianobaren, lyssnar till en vacker kvinnas bakgrundssång, smuttar på var sin högländsk malt ...

"Whisky will give you a terrible toothace!" meddelar en man som ser ut att vara den numera nedgrävde Vladimir Vlytjewkos klonade tvilling. Stöps militärer i gjutform i det här landet? Samma grova svarta mustasch, kantiga ärrade anlete, satta muskulösa kropp, visar sina nikotingula tänder när han ler mot oss. Det är inget vänligt leende ... Svaret på lösenordet blir:

"Yes, but it is good protection against cancer!"

Vi skakar hand, presenterar oss med våra nya passnamn. Mannen använder bara sitt förnamn, eller smeknamn, Laika. Kommer att dö en bättre snabbare död än sin namne i månraketen. Laika är ett av namnen *the late copy* vid torpet gav oss. Meddelar oss att vi fått audiens hos spader kung. Platsen, nedlagd industrilokal några kilometer från hotellet. Tid, två på eftermiddagen, tre dagar från nu.

Den fabrikstillverkade löpandebandssoldaten lämnar oss med ytterligare handskakningar. Hans gula tandrader skiner likt solen i barens skumma belysning ...

MEETING GOD ...

ser rädslan i de plågade ögonen ... sätter mig på huk ... tilltalar honom i vanlig samtalston ... sättet jag talar med alla djur ... inklusive människan ...

"tjänare gubben arg ... hur är det ... vem har djävlats med dig då" hunden lägger huvudet på sned ... fäller nyfiket upp öronen ...

"mig behöver du inte vara rädd för"

djuret gnäller till ... sätter sig ... nackpälsen faller på plats ... vill men vågar inte komma fram ... misshandel ... psykisk eller handgriplig ... präglar oss alla ...

MESSAGE FROM GOD ...

Tillbringar första delen av nästa kväll på operan. Fick tipset av en taxichauff18r. Ingen av oss har varit på den klassiska föreställningen, känner givetvis kompositören till namnet.

Lämnar skiten i första pausen ... Varken Valdemar eller jag klarar av den överdrivet högdragna, gapiga sången. Föredrar rock. Diskuterar eventuella klubbar som ägnar sig åt denna musikform med ytterligare en droskförare. Skjutsar oss till en lämplig lokal. Sitter i den rökdimmiga baren, lyssnar till svartklädda östungdomar beväpnade med sina förebilders västtillverkade instrument. Dricker öl och stark inhemsk sprit, känner oss välkomna i denna varma miljö ...

Tillåter oss slappna av ett tag. Vara. Allt är in till programmering förberett, även det oförutsägbara. Vi har att göra med en iskall galning, affärsman. Dödar inte längre för egen hand. Delar ut ordern till tjänaren utan skrupler ...

när något kommer i penningens väg ...

MEETING GOD ...

min plats i ljuset har varit ... någon sa ... den berömde popkonstnären tror jag ... att alla får några få sekunder i berömmelsens strålsken ... nog hade han rätt ... det svåra är inte att nå dit ... utan att stanna kvar ... att inte lockas av det trygga dunklet i skuggan ... det är trots allt enklast att inte finnas ...

kulturredaktören på universitetsstadens stora morgontidning sätter morgonkaffet i vrångstrupen när han går igenom nattens inkomna faxmeddelanden ...

den av honom så nedsablade författaren på grundet har av akademien nominerats till årets nobelpris i litteratur ... kulturelefanten hostar sig andningsklar ... lyfter genast ... trots den arla stunden ... sin telefonlur och ringer upp den usla papperslösaren ...

"Odon ... min käre gamle vän ... det är Bertil"

"vem" gurgelväser Odon Finke från andra sidan luren på grund av att det ständigt tjärfyllda morgonslemmet från de otaliga penningbesparande starka hemrullade ofiltrerade cigarretterna han röker dygnet runt inte har hostats upp så här dags på dygnet ...

"Fjölberg"

"va"

"Bengt-Bertil Fjölberg ... på Morgontidningen ... hur är det nu för tiden ... ny bok på gång snart"

"jo då ... tack bra men nej ... inte än" grymtar den yrvakne konstnären ...

"du vet ... tänkte ha mitt årliga gardenparty för våra stora lokala kulturpersonligheter på lördag ... kan du dyka upp vid tresnåret"

Odon Finke har aldrig förr inbjudits till det högstämda evenemanget ... likt så många andra i tyckarbranschen vill Fjölberg helst frottera sig med de kända namnen inne i Hufvudstaden ... ger blanka fan i de lokala nollorna vare sig de spelar gitarr ... teater ... sjunger eller påstår sig skriva böcker ... när den excentriske ordkonstnären på grundet svarar på inbjudan sätter kulturvetarmänniskan för andra gången denna olycksaliga morgon automatkaffet i halsen ... vilt harklande hör han aset i vänsterörat ...

"donerar en halv mille till fonden för pensionerade medellösa journalister" det klickar till i luren ...

likt en ilsket ljudande djävla elgitarrton ackompanjeras kulturkungens hostanden med kallt telefontut ...

MESSAGE FROM GOD ...

Vaknar med sprängande huvudvärk. Drack inte speciellt mycket alkohol. Säkerligen en kombination av passiv rökning och billig sprit. Sällskapet bredvid, yppig blonderad spänningsförlöserska, snarkar ljudligt. Smyger in i den enorma toalettavdelningen, tre rum, speglar, svart kakel, förgyllda kranar, bastu, nedsänkt bubbelpool, dusch. Pissar snett. Stänker urin i tvådelad stråle på var sin sida om klosetten. Det uppvärmda kakelgolvet stänker tillbaka vätskan över mina fötter. Svär, stryper av, sätter mig i stället. Hör min nattälva röra sig där inne, ropar på mig. Ledig idag också. Fortsätter min roll som frisläppt affärsman. Den här delen av skådespeleriet var mycket angenäm ...

Tål att utvecklas under dagen ...

MEETING GOD ...

äger en intuitiv förmåga ... vi har den alla nedärvd från urmodern ... tyvärr har århundraden av utveckling knycklat till känselspröten ...

själv har jag alltid ägt den ... från tidig ålder ... tog mig många år att förstå ... lita till ... mitt privatliv har blivit enklare ... i yrket har det varit en förutsättning för att inte misslyckas ... det vill säga ... leva vidare ...

känner instinktivt rätt eller fel i en situation eller inför en ny bekantskap ... vet alltid hur jag skall välja när vägskälen dyker upp ...

denna förmåga har ibland drivit folk till vansinne ... även närstående har ibland reagerat med irritation då jag till synes utan annan anledning än arrogans avfärdat en person utan pardon ... eller lämnat en arbetssituation som jag ansett vara slöseri med tid ...

i och med att jag litar till och följer känslan är jag i vissa ögon obekväm ... jag vet ju att jag har rätt ... en gång på hundra kan jag vara osäker på graden av rätt men anser det vara ett billigt pris ... en miss av hundra ... det har livet lärt mig ... det kan ändå bli besvärligt med den ibland efterföljande ovänskapen ... de missriktade beskyllningarna för arrogant kyla ...

delar värme ... med mina närmsta ... familjen ... enstaka vänner ... djur ... det finns ingen anledning att möta folk med öppet hjärta ... det spottas bara på ... kalla det cynism eller livserfarenhet efter ett liv levt i intuition ... mycket små barn ... upp till tre års ålder ...

samt de flesta andra djur känner inte ordet arrogans ... är heller inte arroganta i sitt sätt gentemot andra varelser ... de äger nuets kärna ... följer instinkterna ... utan att fundera över hur ... eller varför ... de gör det de borde göra ...

barn ... djur ... tyvärr även galningar ... dras till mig som getingar dras till en blårutig flanellskjorta en svettig sommardag ... är jag vid ett daghem eller passerar en lekskola dröjer det inte många sekunder förrän jag har en klase ungar i snorkastet ...

djur är intresserade av min uppenbarelse ... har pratat med hundar ... till och med över telefon ... diskuterat parningskänslor med diverse vårkåta fågelarter ... viskat med hästar ... långt innan det gjordes på film av en avdankad hamburgerskådespelare ...

vuxna människor antingen räds mig eller fascineras ... råkar då och då i olag med folk ... kan ej påverka händelseförloppet ... är mig själv utan förställning ... masklös ... galningarna är värre ... de brukar tyvärr i de flesta fall tillhöra enprocentarna ... den procenten vilken är svår att upptäcka vid en första konfrontation ... det brukar dock uppenbara sig förr eller senare ... ibland ...

aningen för sent ...

MESSAGE FROM GOD ...

Nästan som att stjäla godis från en valp. Den klonade kopian vid namn Laika leder oss in till kungen, omgiven av två automatvapentyngda gorillor. Sitter på en ranglig pinnstol i en tyst fabrik. Runt omkring oss står de förr så högljudande vävmaskinerna med skyttlar vilka för länge sedan slutat sammanväva det inhemska tyget, numera importeras linne från yttre östern ...

De två slavinnorna sitter strategiskt placerade på det dammiga golvet framför spader kungs fötter, tunt klädda, deras kurviga kroppar skall framträda, ange vem som värms av kvinnorna om aftonen, visa härskarens absoluta makt. Från halsarna på de vackra amazonerna

ringlar sig läderkoppel. I vänster hand håller diktatorn ett glas sprit samt en fet cigarr, i höger, vilande vid skrevet ...
   greppar han de silvernitade kärleksbanden ...

MEETING GOD ...

den förut så skräckslagna hanhunden släntrar slutligen fram till mig
... vi sitter i skogens sommargrönska ... talar om livet ... förblir vänner till dess någon av oss slutat andas ...
   beslutar mig för att lägga min hand över den misshandlade varelsen ... gör sig ägaren gällande har han sig själv att skylla ...

MESSAGE FROM GOD ...

Förutom kungen, knektarna, drottningarna och Laika, finns det tre män i vävsalen. Prinsen, ung, högdragen. Kritstrecksrandig kostym, gnistrande diamanter i manschetterna, dyrt ur på handleden, guldkedjor, klackringar, enormt gyllene kors på den håriga bringan, vilken visas upp i den slarvigt oknäppta skjortan. Ägnar oss inte en blick. Petar naglarna med en antik silverdolk. Sett västproducerade filmer på kabelteve, känner sig riktigt mafioso ...
   Knubbigt kort, äldre man. Skallig, huvudsvålen blänkande av svett, elefantöron stående rakt ut från huvudet likt vingar, strikt klädd i mörkt grå kostym, dock återhållsamt crazy i och med det brytande gula slipsvalet. Hjärnan. Rådgivaren, spader kungs farbror ...
   Den tredje mannen, diffust omnämnd som "Bekanten", främlingslegionär. Ser mig oavbrutet i ögonen utan att blinka. Möjligen farlig ...
   Registrerar putande armhåla under den sommarljusa linnekavajen. Jag slappnar av, mannen är visserligen beväpnad med en revolver, men den är stor, grovkalibrig, tung, osmidig, användbar endast på riktigt nära håll. Vacker leksak.

I egentlig mening inget riktigt vapen ...

MEETING GOD ...

nu högg det till kraftigt i hjärttrakten ... pumpen börjar hacka ...
nesligt sätt att avbryta ett tursamt liv ... önskar jag kunde stoppa tiden
... rewindknappen ... spola tillbaka till förra låten ... spela den en gång
till ... skulle ändra texten i refrängen ...

minns en man som ville stoppa tidens framfart ... inte för att han
ängslades ålderdomen ... att i sinom tid lämna jordelivet ... nej då ...

ansåg att vi inte nyttjade tiden till de viktiga tingen ... livet enligt
hans mening är ingen transportsträcka från a till ö ... det vill säga
från födseln till döden ... utan en resa från ett till hundra tusen där
varje siffra bör upplevas ... var och en för sig ... en vacker höstdag drog
han i nödbromsen på snabbtåget mellan söder och norr ... stoppade
hetsjakten ... det allt snabbare ekorrhjulet ... löste upp den allt mer
åtsnörda snaran vid namn tidsbesparing ... klev av på banvallen ...
vidare ned på en åker ... slängde skorna ... doftade i sig nötkreaturens
avföring ... stack sig under fötterna på vassa tistlar ... lade sig på rygg i
gräset ... njöt av molnens sagolika omformationer ...

tills polisen kom och förde bort honom ... hjärnskrynklarna kunde
inte hitta något fel på honom ... släpptes efter en tids internering och
ett antal timmars samhällstjänst ... miste jobb ... fru ... vänner ... de få
tillgångarna beslagtogs av kronofogdemyndigheten ... avbetalning på
det stora skadestånd järnvägsbolaget fick sig tilldömt på grund av den
avsevärda försening av människors tid mannen åsamkat ...

ett föremål hade den före detta frun ironiskt nog räddat ur
kommershajarnas väldiga gap ... tågbromsarens numer bortgångne
faders gamla guldklocka ... intjänad under ett helt liv i fabriken ...
ett mycket väl sammanfogat ur ... precisionsverk skapat för hand
av en aktad urmakare ... lock kedja och detaljer tillverkade i guld ...
boett i slipad vackert ådrad svart marmor ... kugghjul i titan ... näst

intill outslitligt ... på sekunden rätt tidsanvisning då verket drogs upp manuellt med hjälp av den lilla gyllene fjäderskruven morgon och kväll ... mannen lade klockan i fickan och gick ut i världen ... promenerade i lugn takt ...

mot ett hundra tusen ...

MESSAGE FROM GOD ...

Vi har beslutat oss. Utan att säga ett ord till varandra vet vi vem som gör vad. I vår medföljande portfölj ligger högar med nya omärkta sedlar. Erbjuder en ansenlig summa i förskott. Vid slutförandet av beställningens leverans skall ett antal miljarder av en stark valuta överföras till kungens utländska bankkonto, från det förmodade arablandet.

Under de falska sedlarna ligger våra ljuddämparförsedda tjänstevapen. Vi har kontrollerats vid ingången, legionären kroppsvisiterade oss båda. Tyvärr är han obotligt slarvig. Det borde vara kungens av kungar regel nummer 1 A i handboken för regerande, att anställa kompetent personal. Nu är det bara simpla mördare och brottslingar vi har att göra med, vilket i sig är en bonus utöver de extra skottpengarna, då vi räknat med motstånd. Nu är det rutinjobb.

Låt vara lite fler mål än vanligt ...

MEETING GOD ...

dragspelsmusik ... ser inte ansiktet ... det ligger en skugga över hela hennes framsida då solen i slow motion slänger sig i havet långt där ute i otydligheten ... bälgdragaren sliter för allt han är värd då fiolgnidaren ökar tempot i en vild djävulsk polska vilken nästan får den lilla bryggan att rämna av folkets midsommarlust ... hon står på andra sidan av den erotiskt svettdansande folkmassan ... försöker få ögonkontakt men ger upp då han antar att hon inte märker honom

... vänder sig istället mot scenen ... violinistens hår står på ända i upphetsning ... äntligen kommer alla timmars skalövningar till sin rätt ... man kan se satans musikants ögonvitor spegla den nedgående solen strax innan han sluter ögonlocken och låter sig famnas av något annat ... finns inte hos dem längre ... har trängt in i den forne sedan länge döde stråkvirtuosens himmel ...

någon lägger en sval hand mot hans bröst ... rycker till ... vänder huvudet ... det är kvinnan från andra sidan ... vackrare än han kunnat föreställa sig ... de ljusa lockarna ramar in hennes leende ... som på film ... hennes nästa replik glömmer han aldrig ...

"har du någon som väntar där hemma"

"ja" rosslar han utan mycket tryck i rösten ...

"synd ... annars kunde du följt mig hem ... bor i närheten"

hon är barfota i en vit sommarklänning med mönster av blåklockor ... sträcker sig lätt på sina brunbrända tår ... kysser honom ... en lång tungomfamning ... förparning ... han går givetvis med ... där finns inget annat att göra ... hon har lagt beslag på honom ... valt sin hane ... vem kan över huvud taget slåss emot sitt öde ... hoppar över dansen ... lämnar brådskande platsen ... tar hans hand ... drar honom bakom sig ... hemkomna på trätiljorna sliter de ... bokstavligen ... av varandras kläder ... knullar som de djur de är ... brunstig tjur ... löpande hynda ... utan någon blygsel ... de har alltid känt varandra ... vilar i henne ... de sover i en hög på golvet ... vaknar ... älskar ... dåsar igen ... vaknar dimmiga ... äter ... dricker ... badar ... parar sig igen ...

det blir en lång sommar ...

MESSAGE FROM GOD ...

"Bekanten" reser först. Hinner inte ens smeka den vackert utsirade kolven på sin silverblanka cowboypicka. Vi går bägge ned på knä, slänger par i knektar. Kulorna surrar likt feta hösthumlor i fabriken, det smätter till i militärpannorna, som knäpper någon med naglarna

...

Först när de imaginärt skräckinjagande livvakterna rasar i det skitiga cementgolvet med ett ljudligt vapenskrammel, reagerar de andra i församlingen ...

Den arrogante lille prinsen håller nu dolken, som skulle han kasta den mot oss, tvekar fortfarande över vem han skall kniva, när han åker i backen. Den vackra hirschfängaren kommer jag att ta med mig som turistsouvenir, hänga på väggen i biljardrummet, just nu klingar den iväg över golvet. Samtidigt far Laika. Stapplar halvspringande in i en av de gamla vävmaskinerna, vilar sedan lutad över skytteln, omfamnad av den för länge sedan döda textilindustrins verktyg, där hans far slet för födan, tolv timmar om dagen, mot en usel lön ...

MEETING GOD ...

dragspelsmusiken har för länge sedan tystnat ... fiolspelaren sitter i sitt rum ... övar sina skalor inför ännu en sommars uppvisning ...

bevarar henne som ett mycket vackert minne ... ibland när han sitter vid köksbordet ... ser björkarna slå ut i försommaren ... sörplar en mugg kaffe ... suger på en pris ... kan han tydligt känna henne ... hon ligger i det där ljusa trärummet vid kusten iklädd endast en berlockförsedd guldlänk runt fotvristen ... utanför det öppna fönstret hör de allt havet har att berätta ...

MESSAGE FROM GOD ...

Kungen är vit i ansiktet. Den lilla armén ligger slagen i spillror. Den ljusa slavinnan skriker hysteriskt, i dammet runt hennes stjärt sprider sig en fläck ... den mörka sitter tyst. Stolt, svart, och med rak rygg ser hon mig i ögonen. Trygg, lugn. Jag fylls av en enorm respekt inför kvinnan, kopplad vid fötterna till sin vilt babblande härskare som försöker köpa oss med sitt guld. Han stirrar döden i ögonen, kan inte acceptera spelets regler, är ju Gud i sin lilla värld.

Schack matt. Huvudet far först bakåt, för att sedan falla mot bröstet, sitter hopsjunken i sin tron, som tog han sin eftermiddagslur, vänsterfoten skakar orytmiskt till dödens hemliga musik, i handen ryker cigarren och ur glaset har inte en droppe sprit gått till spillo ...

Samtidigt som det patetiska babblet tystnar ... upphör den blonda kvinnans skrik. Ägnar sig istället frenetiskt åt att få bort spader kungs blod från sina axlar ...

MEETING GOD ...

vi samlar minnen ... inte för att berätta ...

för att stå ut i nuet ...

MESSAGE FROM GOD ...

Rådgivaren yttrar inte ett ord i saken. När han som mest behövt sin intelligens var den till ingen nytta. Damerna kvar. Ingen av oss avlossar fler skott. Det är över. Den chockade kvinnans snyftningar ackompanjerar vårt tillbakadragande. Dolken med tillhörande slida ligger i min innerficka.

Meddelar min kompanjon att jag tar semester ett tag ...

MEETING GOD ...

när minnena inte hjälper oss ... samlar vi på oss fler ...

så rullar livet på ...

MESSAGE FROM GOD ...

Semester. Märklig känsla, helt plötsligt har jag en mängd fri ... tid. Vara en helt vanlig människa. Går till affären, planerar en fest. Saga och dottern, nu döpt till Lisa Elin, Lisa efter min mamma och Elin efter Sagas mor, kommer på middag. Vi har inte umgåtts så mycket den sista tiden, fast i arbete ...

I matvarubutiken konfronteras jag med en härsklysten markatta i sin bästa ålder, anser sig vara först i kön till en synnerligen väl utskuren nötstek. Med ett skratt släpper jag köttbiten, gammal är äldst. Hon ger mig en ilsken blick, försvinner sedan raskt med min oxbit. Ändrar mig, köper nötfärs. Måste introducera mina, inom min snålt tilltagna bekantskapskrets, berömda köttbullar. Dottern kommer att älska dem, hoppas jag.

Kan inte sluta njuta. När jag bär hem de två välfyllda papperskassarna planerar jag ledigheten. Måla staketet, kanske tapetsera om i sovrummet, varför inte klippa gräsmattan.

En lokal alltiallo brukar mot skälig betalning hjälpa mig med markservicen. Gustav Björk, pensionerad järnarbetare, tror att jag är resande konsult i kemtvättsbranschen, vet inte så mycket om klädvård, inte jag heller, lögnen håller. Sjuttiofem år, praktiskt lagd, problem med oljepannan, ring Gustav, stopp i toaletten, ring Gustav. Betalar honom medvetet en alldeles för hög lön, brukar ringa mig, klaga över den stora månatliga summan, ovan vid att hederligt kroppsslit är värt något.

Krökt rygg i herrarnas fabriker. Förbisprungen av unga, väl utbildade akademiker utan känsla för järnmalmens hjärta. Män och kvinnor utan livserfarenhet, av samma sort som rådgiver våra politiker, indirekt styr våra liv, utan att i egentlig mening förstå vad liv betyder, med löner så höga att de inte bryr sig om vad en liter mjölk betingar, skiter fullständigt i hur mycket en dosa snus eller en flaska renat brännvin kostar på systembolaget. Dricker ju, vana från föräldrahemmet, löjligt dyra viner, utan att i förväg behöva kontrollera plånbokens likviditet ...

MEETING GOD ...

nu hör jag röster ... sorl ... som från en skolaula strax innan rektorn träder in för att hålla vårterminens sista förmaningstal till sina elever ...

MESSAGE FROM GOD ...

Vandringen hem går i maklig takt, möter Jesus. Kallar honom det i mitt eget huvud, heter egentligen Kent Vihnlund. Vår lokala gatudåre. Precis lik Guds son, från altartavlan i min fars vackra träkyrka. Nu skiljer sig förmodligen Jesus liv ganska mycket från religionens originalfigur ...

Utskriven i besparingstid, efter ett helt liv på psykinstitutioner, lobotomerad och kastrerad som så många andra i vårt lands psykiatrikers forna forskande i mindre bemedlade hjärnors hemligheter. Kroppen skakande av decenniers söndermedicinering. Brottet, okoncentrerad under skolgång. Strax innan freden, fattiga föräldrar, bespottade, men, för tiden ack så nödvändiga slavar. Statare. Svårt att sitta still, lära bokstäver i rätt ordning, orolig, rastlös. Skulle i vår tid kallas dampbarn, eller ADHD-barn med dyslexi, få speciallärare.

Ber mig om en slant. Pengarna kommer att gynna stadens enda flipperhall samt, en lokal läskedrycksfabrikör. Ger honom en sedel, han ler mot mig. Jag tillhör inte dem som fnyser bakom hans rygg, eller kallar honom vid öknamn, "Steppis". Vad det står för vet jag inte, men ungarna skriker det från tryggt avstånd, när han trampar förbi på sin välvårdade gamla antika cykel. En gång bjöd jag honom sockerdricka med tillhörande kanelkringla, på Birgers konditori.

Berättade hela eftermiddagen, avslöjade många övergrepp inom vården av sjuka människor. Elchocker, omväxlande kalla och heta bad, daglig misshandel, våldtäkter ...

Inget som ges utrymme mellan vimmelreportagen i de dagliga nyhetstidningarna ...

MEETING GOD...

sorlet ökar i intensitet ... sedan sjunker det ... som om tjattret går i vågor ... slår mot en klipphäll ... slås ut i tusen bokstäver ... rinner tillbaka i ordhavet för att ånyo kastas mot klipporna i en evig mening ... utan början ... slut ...

genom det suddiga pratandet hör jag en ljus ... mycket klar stämma ... ung gosse ... eller kanske flicka ... berättar för sin bänkgranne om den nya bilen far just köpt vilken kommer att ta dem söderut under sommaren ...

MESSAGE FROM GOD...

Målar staketet som planerat, efter att först ha konsulterat Gustav i telefon, diskuterat färgtyp, inhandlat lämplig kulör. Sitter på en liten pall. Skyddskläderna är alldeles nya, lyser nybörjare om mig. Härligt ... vara amatör, öva in nya färdigheter. Aldrig för sent att lära sig. Skvalmusik från köket, bryts av nyheterna. Hör att en fackkämpe skjutits ihjäl på grund av sina åsikter. Funderar över vardagshjältarna, dem det aldrig pratas om, de som får stryk i tysthet. Jesus och hans likar, mödrar som, trots att familjens kejsare supit bort den ynkligt lilla arbetarlönen, lyckas skrapa ihop ungarnas dagliga föda. De få journalister vilka vägrar befatta sig med att skriva om kändisen som sågs äta glass i stadens park, som gräver i samhällets undanskuffade bottenskrap, trots redaktörernas motstånd.

Hör texten i etern. Den gamle protestsångaren. En av de sista hjältarna, sjunger sin sång ...

Till modet ...

MEETING GOD...

sorlet tystnar stegvis för att till sist ebba ut ... rektorn står vid det lövade podiets mikrofon ...

hatar barn ... vill egentligen ägna hela sin tid åt politiken ... sitter sedan många år i både kommunstyrelsen och landstinget men vill uppåt på maktstegen ... ospecificerade rykten florerar i kollegiet ... statsministern har hört talas om den nitiska besparingsmodell vilken han sedan flera år tillbaka drivit med järnhand ... mjölken i skolorna och äldrevården är utbytt mot det billigare mindre näringsrika alternativet ... kranvatten ... en skollunch i veckan är borttrollad liksom den dagens eftermiddagslektioner ... filmjölk med flingor ersätter en annan ... fluortanten är historia liksom skolpsykologen ... de lärarlösa lektionerna är en ekonomisk succé ... tandvårdstaxorna är höjda med hundratals procent ... vackra friska tandrader är nu mer en lyxvara i kommunen ... läkarvården höjs med fem smygprocent varje år ... hyrorna i kommunens fastighetsbolag fördubblas under en femårsperiod tvärt emot de lama protesterna från vänstern och hyresgästföreningen ...

på kommunkontoren ... i skolorna ... hemtjänsten ... barn och äldreomsorgen ... sjukhusen ... arbetar nu hälften av den personalstyrka som en gång i tiden krävdes för att få vårt forna välfärdshem att fungera ...

trots de vitt skilda politiska färgerna skulle han utan tvekan vända kappan efter vinden om landets regering önskade hans tjänster ... färgen betyder ingenting längre ... det var många år sedan åsikterna gick helt isär ... nu är olikheterna blott spelbrickor i valrörelsen ...

MESSAGE FROM GOD ...

Står i köket, förbereder min läckra husmanskost. Har transistorradion på. Den har inte lika bra ljud som den antika rörradio jag införskaffat till biblioteket, men ger en barndomspatina i det diskanta utkastandet av musik ...

Tar en dansant svängom med stekpannan till en vidrig dansbandslåt, inte ens en sådan musikbagatell kan få mitt solhumör att molngrumlas. För bara en vecka sedan hade jag antagligen stängt av ... eller rent av kastat ut den gamla germanen genom köksfönstret ...

Blandar till en rejält tilltagen smet. Det spritter flott, fräser och ryker ur pannan när jag steker de ljuva små bollarna. Ljudlig signal från hallens dörrklocka, familjen anländer. Saga ser oförskämt fräsch ut, det rycker till i pungen. Lyfter Lisa mot taket, hon skrattar. Får bråttom ut i köket, vill inte bränna vid maten. Saga korkar upp en flaska, häller upp i två glas, skålar. Lisa kastar sig direkt in i kastrullskåpet, river och sliter i lock, pannor, burkar. Äter sedan. Stojar vid bordet. Dottern älskar mina köttbullar, men kastar potatis runt omkring sig på salsgolvet, grönsakerna går samma väg. Sås och lingon, ketchup i hela ansiktet, håret kladdigt. Efter att ha renoverat barn och matplats tar vi med glasen och går ut i trädgården för att njuta i sommarkvällen. Lillan leker bland fruktträden. Sätter oss vid grillplatsen ned mot sjön. Saga kryper intill mig, lägger en arm runt henne, njuter närheten.

Långt innan solen går ned vill Lisa gå upp och lägga sig. Följer henne till kammaren, vi kryper ned i sängen, läser en godnattssaga, den pustande och frustande vargen i tre små grisar hatälskas av oss båda. Somnar med Lisas lilla näsa tryckt tätt emot mina läppar ...

Vaknar med ett ryck. Saga står bredvid, stöter mig försiktigt vid axeln.

"Kom", viskar hon.

Jag följer sömndrucket med in i sovrummet. Slänger plagg runt omkring oss på vägen ...

MEETING GOD ...

efter det sedvanligt innehållslösa förmaningstalet till de unga disciplarna släpper han dem ... under ljudligt skrikande försvinner de ut i sommarlovets välsignelse ...

när den sista odågan lämnat aulan plockar han upp fickpluntan med en bön om att landsfadern skall se till att han slipper ungdjävlar nästa läsår ... tar ett par rejäla supar ur den lilla flaskan samtidigt som han kliver ned från podiet ... ser sig inte för ... snubblar över en av de jättelika vita porslinskrukorna fylld med sommarblomster ... den i vanliga fall så gormande mannen dyker ... utan ens så mycket som ett förvånat utrop ... från den en och en halv meter höga scenkanten ...

den för barnen så skräckinjagande höknäste rektorn Wilmer Ahlflood bönhörs ... ser aldrig mer en enda unge ... bryter nacken ... det tar fyra mycket plågsamma timmar innan han slutligen ger upp andan ... vaktmästaren har låst och reglat skolan för länge sedan ... börjat packa semesterns nödvändigheter i familjens herrgårdsvagn ... exakt i samma sekund som han fått in fru och tre barn i bilen ... lägger in ettans växel ... gasar iväg mot sommarstället vid kusten ... andas Helmer för sista gången ut sin illa omtyckta andedräkt mot aulans flisiga furugolv ... det kommer att ta åtta veckor innan någon finner kroppen ... saknad av ingen ... mumifierad i den torra varma luften ... statsministern ringde aldrig ... ryktena stämde ej ... landets ledare hade aldrig hört talas om Wilmer Ahlflood ...

MESSAGE FROM GOD ...

Väcks tidigt, visarna på väckarklockan står på halv fem. Lisa vill komma upp i sängen. Lyfter upp henne, somnar om där hon ligger mellan oss.

Funderar ett slag över livet. Behöver inte arbeta för min försörjning, förmögenheten växer för var timme, där den är placerad. Kanske skulle jag sluta. Förtidspensionera mig, köpa ett hus i södern, leva på avkastning. Avla barn. En hel flock. Lugnt familjeliv, skjutsa ungar till dagis. Eller varför inte ha dem hemma hos mig ... jo, det är bättre, i alla fall en tid, så småningom skolor. Sköta hem, laga mat. Kanske köpa en pub, varför inte en vingård. Någonstans bland druvorna i

den torra jorden somnar jag om, drömmer om en liten eka. Ligger i
den och guppar, tittar upp mot gråmolnen som drar över den svarta
himlen ...

Halv åtta ringer telefonen, det är Valdemar. Arbete. Undrar om
jag kan komma över nästa helg.

"Hade nog tänkt vara ledig ett tag", morgonrosslar jag yrvaken.

"This is an offer we can't refuse!" påstår han innan det klickar till
i luren. Kan inte somna om. Sträcker mig efter snusdosan, går ned i
köket, sätter på kaffe och ordnar med frukost. Efter en stund kommer
Saga och Lisa nedför trapporna. Saga är mycket vacker i grossessen ...

Snart är vi fyra ...

MEETING GOD ...

du skall icke dräpa ... bör jag känna skuld för mina gärningar ...
ha dåligt samvete ... syndare brukar vakna sent men jag ser ingen
anledning ... inte ens på min iskalla dödsbädd ... att be om ursäkt ...
känner ingen ånger ... har gjort mitt arbete och jag har gjort det väl ...
vem får döda ... jag tror att vi alla är kapabla till gärningen ... vi är bara
ett djur bland alla andra ... det beror på vilken situation man befinner
sig i ... man behöver inte som jag vara professionellt tränad till det ...

Roger Rönnberg promenerar som vanligt de få kilometrarna till
macken ... ämnar lämna in veckans drömmar ... trettiotvå rader på
stryktipset ... enda hobby Roger har tid ... råd att ägna sig åt ... familjen
... fru ... tre barn ... suger upp den obehagligt pensionsogrundande
svarta lönen från åkeriet ...

de vanligtvis leende ... pomadaindränkta cheferna vill ju ha en
prövotid först ... mörk ... det är arbetsgivarnas tid ... fackföreningarnas
makt är för länge sedan urholkad av arbetsmarknadens karga
verklighet ... personliga lönesättningar ... kapitalets rop skalla ... gå
över lik ... skit i alla ... projektanställningar ... tillfälliga knäck ...
arbetsmarknadsåtgärder av skilda slag utnyttjas stenhårt av företagen

... ju fler arbetslösa ju bättre urval ... desto fler procent stiger aktier i kostymkläddas portföljer ...

tidig kväll ... ungarna framför teven ... barnprogram fängslar någon timme ... emellanåt drar minstingen vattenfärgspenseln över papperet ... tittar lite på den tecknade sagan ... begåvad mus ger katt läxa ... man skall lämna små gråsparvar ifred ... mellanflickan sover över hos en kamrat ... tonåringen skall på disco vilket betyder att utsikterna för en av de numer sällsynta ... stulna ... fem minuters kärleksstunderna hägrar ...

vid vägen till bensinstationen ... pisspaus ... redan hunnit få i sig ett par burkar starköl ... ser Roger de ljust blå små blommorna ... ett hav i skogsdungens undervegetation ... har inte råd att ge frun rosor den här veckan heller ... hon skulle behöva uppskattningen ... sliter som undersköterska samtidigt som hon drar det riktigt stora lasset när han i veckorna far runt landet i sitt tjugofyrameters landsvägslastskepp ... beslutar sig för att plocka en bukett på tillbakavägen ...

MESSAGE FROM GOD ...

Motvilligt åker jag över till Valdemars gård. Han står i hagen, klappar om en väldig svart hingst. Går in i köket. Sätter oss med var sin kopp kokkaffe. Räcker över mig det sedvanligt omärkta kuvertet. Ett pappersark. Tjugo rader text.

"Läs!"

MEETING GOD ...

långtradarchaufför Rönnberg lämnar sin framtida lycka till mackexpediten som kan den nya tipsdatorn på ena handens fem fingrar ... steker med den andra en rejäl drivers dog på några få minuter ... med ett ledigt charmigt leende säljer han samtidigt en tolvpack imperialistisk läskedryck till en billast tonåringar på vift ... skyltar

snyggt med läsglasögon ... kondomer ... rakhyvlar ... knäckebröd ...
den senaste dansbandssamlingen ... sjyssta låtar 48 ...

har inte en aning om hur man byter torkarblad på en tjugo år
gammal asiat ... ifall någon nu skulle behöva hjälp med dylikt ...

i stundens iver festar Roger till det med en lott ... till frun ... man
kan ju faktiskt vinna tjugofemtusen i månaden ... en svindlande
summa ... i tjugofem år ... då ... flytta till en större lägenhet ... närmre
stan ... slippa bo i det evigt segregerade slumområdet folk av deras
plånbokslikviditet tvingas leva i ... områden med inneboende
frustration ... olycka ... alkoholism ... brottslighet ... skadegörelse ...
barn och hustrumisshandel ... våldtäkter ...

MESSAGE FROM GOD ...

Ett ovanligt jobb. Politik. Inget vi vanligtvis blandat oss i, i alla fall
inte yrkesmässigt. Känner mig tveksam, ber att få fundera på saken en
vecka. Arbetet brådskar inte, Valdemar går med på betänketiden ...

Skallen snurrar när jag återvänder hemåt. En oerhörd mängd
pengar har erbjudits oss. I utbyte skall vi radera storvilt. Polisens
säkerhetsavdelning anser att politikern i fråga är obekväm, riskerar
att i framtiden skada vårt land. Skuldfrågan är oklar, närmast
hypotetisk. Kvinnan är en riktig politikerkändis, figurerar allt som
oftast i offentliga glamoursammanhang, paneldebatter, soffprogram
...

MEETING GOD ...

Roger går in i dungen ... de små vackra blommorna växer tätt ...
kommer inte att ta många minuter innan han fått ihop en rejäl
bukett ... ser frugans leende för sig ... glad över den romantiska gesten
... kuken rycker redan i de skrevskavande stormarknadskalsongerna
...

Roger Rönnberg har sitt hår i en hästsvans bak i nacken ... det har hänt att han bakifrån blivit tagen för den sena kvällens räddning när han med utslaget hår suttit vid någon av stadens bardiskar ... överförfriskad Casanova ... röd i ansiktet av skam ... urskuldat sig då misstaget uppenbarats ... Roger knäar i naturens sköte ... visslande börjar han plocka de små undren ... förgätmigej ... tänk ... en rejäl trettonrättsvinst ... sett en fin anglosaxisk slottsbil till salu ... vilken grej det vore ... hoppa ur åkdrömmen iklädd sina blankslitna blåjeans ... arbetskängor ... köpa en korv ... tanka pärlan ... smeka ädelträinredningen ... gasa iväg medan avundsjuka blickar från alla nordbilsägare följer honom i nacken ... höra spinnandet från det välsvarvade åttacylindriga motorblocket ... ena armbågen utanför den nedvevade sidorutan ... näven på träratten ... hög volym i bilstereon ... there's a starman ... waiting in the sky ...

motorhuvens silvergjutna rovkatt visandes vägen ...

han hör inte den knivbeväpnade luvmaskerade gestaltens försiktiga närmande ... likt kattens hungriga tassande mot den lilla fågeln ... musens vän ... i barnprogrammet treåringen i samma ögonblick tittar på framför apparaten hemma i den trånga trerummaren ...

MESSAGE FROM GOD ...

Tar ledigt från semestern. Saga mulnar, men vet ju att jobbet kallar. Någon gång måste vi ta i tu med allt, vi vill ju båda. Kärleken finns, kamratskapen, erotiken ...

Jag lovar att den lediga tiden inte skall försvinna, bara skjutas upp med någon vecka. Ringer Valdemar.

Accepterar ...

MEETING GOD ...

inför landets småttingar läser den kloka musen lössen av den skamfyllda katten ...

våldtäktsmannen fräser Roger i ryggen ...

"lägg dig på rygg ... skrik och du är du död ... nu ska du få riktig kuk ... hora"

Roger funderar inte ... hinner överhuvudtaget inte gruva sig över om vad som är rätt eller fel ... läst tidningarna hundratals gånger ... suttit hemma ... våndats ... svurit över den ökande våldsamhetsgraden i övergreppen runt om i samhället ...

Roger är en mycket lugn ... snäll man ... tuff utåt i den burdust manliga arbetsmiljön ... vårdar ömt sin lilla familj ... älskar frun troget trots att han vid ett flertal motellnätter haft chansen till någon ensam kvinnas sköte ... ömmar barnen ... våld existerar inte i hemmet ... barnen får lära sig humanism ... dela med sig till dem som har det sämre även om man inte själv har guldet i sin hand ...

trots det hotfulla i situationen sprider sig ett leende i Roger Rönnbergs ansikte ... det känns precis som när han for utför i en av barndomens härliga bergochdalbanor ...

MESSAGE FROM GOD ...

Det knepiga blir inte själva raderandet, utan tidpunkten. Kvinnan, med sitt stormiga officiella privatliv, är ivrigt uppvaktad av ett otal sanningssökare, skvallerpressoperatörer, parasiter. I huvudsak män, som för länge sedan insett att det ordinarie arbetet i ordets tjänst inte tillför bankkontot några större summor, viger istället sitt liv åt gnagandet på den glamourösa låtsasvärldsosten.

Vi ägnar en dag åt planering. Målet skall bevista en så kallad kändisfest. Gratisätandet av snittar skall få råttorna att skriva, konsumenterna att läsa om, samt köpa det nya kalsongmärket ...

MEETING GOD ...

eftersom mannen bryter på något främmande språk väljer Roger internationell kommunikation ...

"you're making a mistake ... a big mistake" säger han lugnt ... vänder sig om ... fortfarande i knästående ... mannens mörka rödsprängda ögon ... det enda av personlighet Roger ser genom den svarta huvan ... speglar misstroende förvåning genom spritfylla ...

med den blå buketten säkert greppad i vänster hand slår Roger mannen ... en våldsam uppåtriktad rak höger laddad med år av frustration träffar förövaren strax under nästippen ... våldsmannen far i en vid båge ... landar bland de ännu inte utslagna liljekonvaljernas blad ... ligger avsvimmad i sällskap med Rogers små ljusblå kärleksförklaringar ... kraftigt blodflöde från den krossade näsan tränger genom den stickade terroristluvan ... lång kniv ... fast greppad i höger hand ... högerfoten rycker spasmodiskt ... precis likt en av Rogers landsmän från förr ... knockad boxare ... vars förlust den gången kostade honom världsmästartiteln ... han är för ung för att minnas händelsen från radioutsändningen som fick hela landet att stanna av ... föddes något år senare men har sett dokumentärfilmerna om matchen på teve ...

MESSAGE FROM GOD ...

Inbjudningen från den kände festkonsulten Joakim Snöhrpfildt är ordnade. Beslutar oss för att ta det som det kommer, improvisera en smula. I det stora hela är det färdigt, ingen svår uppgift rent tekniskt; hålla oss ur vägen från kameralinser samt hitta en lämpligt tillslagsplats.

Vi går på partajet som hålls i en nedlagd delikatessbutik i centrala Hufvudstadens äldre kvarter. Där inne är det varmt och stojigt. Vackert folk trängs runt ett buffébord vars längd upptar större delen av lokalitetens yttre rum, fyllt av grillat kött, revben, kycklingvingar, kryddiga korvar, potatissallad och bröd av alla sorter, vin i plastglas, sprit. I ett hörn svajar en berömd sångare i ett tillstånd vilket bara kan beskrivas som salongskanon, pissar mot väggen. Ingen bryr sig, vardagsmat i den vackra världen. Härdad personal är redan på språng med skurhink och trasa.

Placerar mig vid matbordet. Valdemar tar sig längre in. Efter ett tag rör också jag mig inåt. I dunklet ser jag politikern. Sitter i en soffa, en öl framför sig på det lilla bordet, ett glas vin i handen. I en annan soffa sitter en välkänd teaterskådespelerska med handen från en sportstjärna under kjolen. Idrottsmannen gör reklam för kvällens underklädesmärke. Aktrisen blundar, tar då och då en klunk av gratisrödtjutet, rör sakta underlivet mot den avdankade hjältens kycklingflottiga näve ...

Går ut. Jag väntar i gränden. Det dröjer inte länge, någon timme. Vajande kvinnogestalt tar sig ut genom entrédörren ...

MEETING GOD ...

fortfarande utan att tänka låter Roger den vackra buketten vila i undervegetationen ... tar tre raska steg fram till den slocknade makttörstaren ... fattar tag i hans huvud ... vrider kraftigt ... den okände mannens bägge ben och armar rycker vilt i några sekunder ... sedan är allt stilla ... Roger stirrar förvånat på den döde mannen som om han nyss vaknat ur en dimmig mardröm ... kan inte riktigt förstå vad han har gjort ... varför ...

nacka en abborre ... tanken far förbi likt en flyktig geting ... Roger tar buketten och skyndar hem ...

frun blir givetvis jätteglad över blommorna ... häller upp var sin sprit och läskgrogg ... lagar en god middag ... Roger lägger lilljäntan ... läser en saga ... kryper sedan upp i soffan med frun ... tätt tillsammans tittar de på den spännande fredagsthrillern ... efter filmen är bägge för trötta för älskog ... likt förra helgen ...

de somnar långt innan tonåringen kommer hem ... smyger för att inte föräldrarna skall vakna med frågor ... känna vinandedräkten ...

MESSAGE FROM GOD ...

Hon är full igen. Den senaste tidens skriverier har inte förbättrat hennes livssituation. För första gången i arbetets historia känner jag tvekan inför uppgiften ...

Sluddrigt raglande vinkar hon iväg den beställda limousinen, har tydligen bestämt sig för att promenera de få hundratalet metrarna hem till familjen.

Råtta, kamera i en rem runt halsen, följer henne uppåt backen ...

MEETING GOD ...

lätt baksmälla ... löser melodikrysset vid radion ... som de gör varje lördagsmorgon ... Roger ögnar nervöst igenom morgontidningen till kaffet ... dryckens laxerande förmåga gör att han måste släpa sig dubbelvikt till toaletten mitt i en fråga från programledaren gällande en berömd skivartist ... kaffemuggen och tidningen tas med in ... hustrun frågar om han har någon aning om vem smörsångaren är ... han mumlar ett tankspritt nej ... telefonen ringer ... han spänner hörseln ... svett i pannan ... hör på samtalet att det är svärmor ... pustar ut ... hon vet tydligen vad mannen med sammetsrösten heter i förnamn ...

ser rubriken längst ned på förstasidan ... piggnar till ... uppgörelse i undre världen ... han slappnar av ... fäller avföringen ... njuter av att vara fri från en del av skiten i världen ...

läser serierna ...

MESSAGE FROM GOD ...

I en av de trånga gränderna, sliten av århundradens stöveltramp, sätter hon sig för att uträtta sina behov. Råttan krafsar efter. Av någon outgrundlig anledning raderar jag den grävande journalisten med ett skott i bakhuvudet, just när han siktar med linsen mot den intet ont anande kvinnan, ögonblicket innan scoopet skall till att knäppas ...

Stupar framåt med den österländska smidiga lilla fotolådan fortfarande för sitt oseende öga, faller med ett ljudligt plaskande smack ned i den urinvåta kullerstenen. Den hukande politikern sluddrar något åt den liggande mannen. Förstår givetvis inte att dödkött ligger inför hennes bara knän ...

Med pisset fortfarande stänkande kring vaderna, drar hon svärjande ned festblåsan och raglar vidare. Jag avstår tillfället, varför vet jag inte ...

Följer henne vidare genom de trånga prången. Valdemar kommer ifatt. Ovetande om min tvekan, går han tyst vid min sida. Utanför hennes hem är det folktomt. Kämpar med portkoden, morrar till när hon slår en siffra fel. Börjar om. Gnäller till i dörren när den rätta kombinationen siffror får Sesam att öppna sig. Hon fnittrar triumferande, får med besvär upp den tunga, vackert sirade, träporten.

Valdemar trycker på delete ...

Tar oss ned mot centrum. Skrål hörs från en av takvåningarna. Natten är ung, beslutar oss för att ta ett glas. Valdemar vill fira, jag vill glömma. Kräks vid en busshållplats, han undrar om jag har ådragit mig matförgiftning på kalsongkalaset ...

MEETING GOD ...

falling down ... som genom ett hisschakt ... känslan är svindlande skräck ... våning efter våning ... smala streck av ljus från golvspringorna i hissdörrarna passerar blixtsnabbt mina ögon som spårljusen från en vattenkyld kulspruta ... jag vet inte hur långt ner det är kvar till botten ... vet man någonsin hur långt ner man kan sjunka ... finns inte alltid de där små strimmorna av ljus ... ilningar i mörkret ... av räddningens trygghet ... de som kan bromsa upp fallet så att man kan påbörja uppstigningen igen ... bara man får fatt i någon av dem ...

över tvåhundrafemtio tusen hektar av den väldiga skogsytan skall gallras ... det är precis på dagen tjugo år sedan sågarna sjöng i detta område ... fem arbetslag om fem man klarar det på fyra månader med dagens effektiva skogsmaskiner ... för femtio år sedan hade det behövts ett manskap på runt hundra personer ... ännu längre tillbaka ... säg hundra år ... skulle ett reguljärt regementes personalstyrka behövts ...

Lars har jobbat i skogen hela sitt liv ... nu närmar han sig femtiostrecket och är utan tvekan den som kan mest om trädens kärna ... visserligen är gubben Niklasson med ... sextiotre ... men han har börjat tackla av ... omdömet är inte vad det varit ... inte respekten för trädet heller ... börjat dricka kopiösa mängder starksprit ... frun avled hastigt i bröstcancer ... tre år sedan ... femtiotvå år ung ... det gick på en månad ...

kände knölen en morgon i juli ... de var på solig semesterort ... hon gjorde inget väsen av det ... två veckors väl behövlig vila efter ett helt vuxenliv levt för barnen ... nu hade den sista av fem flugit ... studerade söderut ... väl hemkomna från solsmekt kust ... satt vid köksbordet med var sin kopp kaffe ... planerade äntligen angående sig själva ... de skulle tillbringa helgen i sommarstugan ... svimmade över vaxduken ...

tolv dagar senare dog hon ... på länssjukhuset ... gubben Niklasson höll hårt i hennes hand ... hans tårar rann likt mindre vattendrag när hon lät den sista vindkyssen fara ut i atmosfären ...

MESSAGE FROM GOD ...

Nu reser vi, familjen, flyger. Målet är semester utan telefonsignaler samt att leta upp en lämplig oas. Vi har bestämt oss. Saga tände fullt ut på förslaget, försöka oss på vinodling. Mäklaren har hittat lämpliga objekt. Tre länder skall besökas, första, germanen, struntar vi i efter en snabb visit. Känns bara fel. Fortsätter med hyrd bil söderöver. På stövelns sydkust hittar vi det, paradiset ... Fjorton heltidsanställda arbetar på gården. Förmannen, Salieri Montadello, gammal vinräv. Jobbar i femte generationen på godset. Finner varandra direkt. Visar oss runt en eftermiddag, på kvällen bjuds vi en festmåltid tillagad av Salieris vackra, olivdoftande, tjocka äkta maka, Rosa Vanilla.

Dagen efter skriver jag på köpekontraktet. Lokal banktjänsteman bjuder oss vin med ost och salami efter köpet. Affärsmannen Ola Nilsson äger nu mer även ett prestigevinmärke.

Rosso della Vita Negresso ...

MEETING GOD ...

Lars planerar en sväng i egen regi ... kartorna stämmer inte alltid på de här breddgraderna ... han måste kontrollera en mindre sluttning ned mot en ravin där det förmodligen missades för tjugo år sedan ... den ligger lite udda till ... genom en klippassage ... över myrmark ... kände han Sven ... sin gamle företrädare rätt ... hoppade denne över den aktuella markplätten ...

ångrar sig ... ropar till sig Niklasson ... gubben bligar mot honom från skogsbrynet ... tar sig makligt fram till sin lagbas ...

"vad säger du om dalen här" frågar han äldsten ...

"inge Sven den odågn ordn me sist ... bör nå galler" muttrar gubben ... tar en pris ettan ur pappdosan ... "misstänker det också ... hjälper du mig med rekognosceringen"

"nog gå he bra"

de far i terrängvagnen ... inte ens den specialbyggda anglosaxiska

djungeljeepen når ända fram ... får trava sista milen ... oländigt ...
snårigt ... Niklasson har inga problem det är snarare Lars som halkar
efter ... den unge hannen ...

MESSAGE FROM GOD ...

Tillbringar några underbara veckor på gården. Bestämmer
att Salieri självklart skall ansvara för vinets fortsatta odlande,
framställning. Själva skall vi månadsvis besöka gården för översikt av
affärsverksamheten runt omkring. Vi kommer givetvis att behöva en
inlärningsperiod, men Saga har inneboende talanger för vinets själ,
tar genast del i arbetet.

Jag går mot en ny fas i livet.

Hederligt slit ...

MEETING GOD ...

Lars tar täten när de passerar genom den trånga bergsklyftan ... de
kommer helskinnade ut på andra sidan ... går genast ned sig ... fastnar
upp till låren i sankmyren ...

sjunker sakta ...

Niklasson får tag i en tjock gren ... lyckas med stor möda dra
upp sin gamle novis på någorlunda fast mark ... en oerhörd lycka att
gubben var med ... annars hade det varit historia med Lars Öhman...

MESSAGE FROM GOD ...

Ingenting är lätt. Så ej heller vinets kärna. Det blir åtskilligt med
instuderande av terränger, jordmån, byte av grödoplatser, växelvis
odlande, att skilja de bästa druvorna till vinets drottning från de
något sämre frukterna för husvinsvarianterna, det är inget man gör
i en simpel uppkorkning.

Salieri är förstås oskattbar i sammanhanget, lär mig tålmodigt, steg för steg. Mången god vinflaska går åt, att lära mig skilja druva från russin ...

Vår son föds på gården. Sovrummet. I den av hundratals års sömn, älskog, barnafödslar, gamla järnsängen. Byns läkare, skrynklig herre, Signiore Tranvitti vid vår sida. Rosa Vanilla hjälpande till med allt runt omkring. Vant ordnar den till storlek enorma kvinnan med heta baljor vatten, rent vitt linne.

Gryning. Just när solen släpar sig över kullarna utanför fönstret, håller jag på raka armar upp den lilla varelsen mot ljuset. Känner mig som en riktig familjeman.

Visar stolt upp min avkomma inför vinguden ...

MEETING GOD ...

de kommer över ett krön ... Lars och gubben står länge ... bara stirrar ... det här finns inte på kartan över huvud taget ... enligt lantmäteriet skulle det breda ut sig en plätt skog mot ett stup ... sedan ingenting ...

istället blickar de ut över en vidsträckt dal ... kilometer efter kilometer med sedan tusen och tusen år orörd trollskog ... mycket vacker syn ... samtidigt som det givetvis går en djup suck genom de bägge yrkesmännen ... det krävs minst en ... kanske uppåt en och en halv ... månads avverkning för att reda ut den här delen ... tillgängligheten är ogynnsam ...

"saaa ... tannn" svär gubben Niklasson ... spottar ut den utsugna prillan ... greppar direkt i fickan efter dosan ... tar sig en ny jättefingrars Ljunglöfs ...

MESSAGE FROM GOD ...

Allt går sin livsgång. Barnen växer så att det gnisslar av värken. Vinet säljer, har redan den kundkrets som behövs, finns ingen anledning att expandera. Det går runt, blir över. Investeringarna från mitt yrkesliv växer stadigt, äger nu, bland mycket annat, betydande aktieposter i diverse branscher runt vårt blå klot.

Valdemar besöker mig då och då. Läser ibland om hans arbete i de internationella dagstidningar jag prenumererar på. Någon fabrikschef i världens hörn försvinner spårlöst. Ledande politiker skjuts till döds. Efterspanad massmördare hittas avsomnad, utan huvud. Av någon anledning ser han mig fortfarande som delägare. Varje månad sätts en summa in på mina olika konton, trots att jag formellt slutat. Vid ett tillfälle ber jag honom behålla sina pengar. Vi sitter på den väl tilltagna verandan, cikadorna spelar sina falska harmonier, söderns sol värmer, även när den försvinner bakom bergen. Druckit flera liter av husets drottning. Han skrattar bara åt mina försök att avstå från kakan.

"Du och jag är och förblir kompanjoner, in till döden. Tro mig, du kommer tillbaka. Ser det bara som om du tar en lång semester." Han fnissar, sveper ytterligare en klunk Vita Negresso.

Det känns plötsligt kyligare i den trettiogradiga kvällsvärmen ...

MEETING GOD ...

"vi måst hugg rejält hen"

Niklasson spottar brunt ... börjar ta sig nedför sluttningen mot dalen ... långt där nere skymtar en sjö ... finns givetvis inte på kartan den heller ... enligt den skulle sjön i så fall hänga ute i tomma syret ...

Lars går visserligen upphetsad av spänning ... ändå bedrövad över situationen ... han har ju hela ansvaret inför bolaget ... ekonomin är ansträngd ... anbudet till den aktuella kommunen står fast ... skogen skall huggas ... inom de ekonomiska ramar som är satta ... just i denna stund inser Lars ... två meter lång norrjätte ... akademiskt fortbildad ... det kommer att bli aktuellt med permitteringar nästa vår ... arbetet kommer att gå över budgeten ... vilket innebär att bolaget blir tvunget att spara pengar ... när företag sparar pengar skär de inte ned på dyrbara maskiner ... det skärs ned på de mer lättbytta billiga reservdelarna ...

människor ...

MESSAGE FROM GOD ...

Reser hem över julen, träffar mor- och farföräldrar. Sagas mamma är sedan länge död, men fadern lever, har hälsan. Notorisk suput. Tydligen bekommer det inte hans gamla kropp det minsta. Varje dag tar han en milslång promenad, en liter renat, ett antal pilsner. Sextionio år, pensionerad skogsarbetare norrifrån, nedflyttad till sydligare nejder efter att hustrun förolyckats när barnen var i tonåren. Kördes ihjäl av en onykter granne, på väg hem från lanthandeln. Änklingen sålde allt, hyrde sig en lägenhet i stan, lät barnen studera, mot det drägliga liv han själv inte ens kunde drömma om som ung ...

Sagas bror, jurist, torr typ, fåordig, när det inte gäller juridik. En av Hufvudstadens så kallade stjärnadvokater, hyrs in att försvara all sorts mörker med fet plånbok. Håller en lång utläggning om allas likhet inför lagen. Tycker genast illa om karln, anser det vara en riktigt vidrig typ.

Stannar över själva julaftonen, på juldagen kör vi bilen till mina föräldrar. Glashalt. Kör lugnt, rastar ofta. Vid ett tillfälle stannar vi vid en vägkrog. Ser den största mannen någon av oss sett, i verklighet eller på film. Vildhårig jätte, lastbilschaufför på rast, tillfälligt frånskild sitt rullande landsvägsekipage. Så stor att han tar upp ett fyramannabord, två platser på bredden. Hela bordet fullt med mat. Får sitta en bit ut från bordsskivan för att få plats med knäna.

Kortbyxor och uppkavlad skjorta mitt i vintern, rejäla kängor, grå raggsockor. Huvudsaken man är torr om fötterna. Två tallrikar med ägg, bräckt skinka, stekt potatis, fyra flaskor lättöl, två muggar kaffe, efterrätt, ser ut som någon sorts bärpaj med grädde.

Sitter bara och gapar. Jätten ser mycket vänlig ut där han sitter, nickar åt oss, struntar vant i vårt stirrande. Vräker i sig de två portionerna fetföda i samma takt som jag äter min kokta i mos. Efteråt pratar vi om den enorme mannen, länge ...

MEETING GOD ...

ligger på snö i mitt varma blod och det verkar som min hjärna nagelfars av alltet ... en vrålande fors av information ... varje droppe är en egen fråga ... med tillhörande svar ... allting har en mening ... kan bara inte förstå den än ...

det som händer nu ... mikrosekundsnabbt ... i mina tankar ... har hänt ... eller kommer att hända ... något vill skrämma mig ... trösta mig ... ha mig ...

är för stunden inte rädd ... tillhör någon form av global medvetenhet ... svunnen eller framtida har ingen som helst betydelse ...

det magiska är att den absoluta bekräftelsen lurar runt hörnet ... mitt slut är redan diktat ... utgivet ... går ej att redigera ... regissera mer ...

njuter av ytterligare ett hjärtslag ... vet inte om det är det sista ... det spelar ingen roll ...

just nu ...

MESSAGE FROM GOD ...

Mina föräldrar lyser av lycka. Älskar Saga och barnen villkorslöst. Far ser länge på den flisstickiga vinlådan de får i julklapp. Omfamnar mig. Lång, varmt svettig glöggluktande björnkram.

"Gosse, vad du överraskar mig", snyftar han.

Blir kvar över annandagens kväll, far morgonen efter hem till huset för att fira nyåret i flockens lya. Bjuder in Gustav och Jesus till nyårsaftonen. Hustomten, änkling sedan några år tillbaka, visar oss stolt omkaklingen av badrummet, det senaste projektet han sysselsatt sig med under vår frånvaro. Det är ett mycket vackert utfört arbete. Gustav har kontroll över handens själ ...

Grillar en välgödd kalkon, bjuder vårt vin. Gustav får en låda i present. Jesus, som inte smakar, dricker julmust med stor törst. Får en vacker, snidad presentlåda med olika salamikorvar. Gustav blir lite berusad, skålar in det nya året, tackar oss med kraftiga handslag, sover sedan på tagelmadrass i ett av gästrummens stålfjädersängar.

Jesus tar sig hem med sina apostlar ...

MEETING GOD ...

förhoppningar ... vad är det värt ... ingenting i denna stund ... jag vet att jag dör ... hjärtat slog ett helt vanligt slag nyss ... inget slappt hack på slutet av pumpningen ... känns som jag vore långt ned under marken ... ett kulvertsystem ... förnimmer grönflagnade korridorer ... hundratals rör ... kommer in i ett litet ... mycket gammalt rum ... inte mycket mer än en skrubb ... dropp från taken ... färgen ... fortfarande milt grön ... hänger i flagor från väggarna ... gråvitt murbruk under ... klosett ... handfat ... bortglömd toalett ... ej använd på många år ... vatten i holken ... rostbruna avlagringar i porslinet ... vänder blicken mot en liten rund galvaniserad plåtbidé ... i rören ovanför den sedan länge slutskvättande vattenkranen hänger bland spindelväven en splitter ny silverglänsande stålkätting ...

MESSAGE FROM GOD ...

Inget speciellt att notera. Valdemar hör ej av sig på hela tiden, jag ringer inte upp. Tillbringar härliga dagar i vårt stora hem. Lisa och jag rullar snögubbar, gör snöänglar, bygger snölyktor, som till hennes stora förtjusning får lysa i den mörka vinterkvällen ...

Minns mina egna vintrar som barn. Skidor och kälkar, skridskor, äventyr i den vita skogen. I vilken ålder slutar snön att vara magisk ...

Efter sängdags och tillhörande sagoläsning spelar vi flipper, biljard, dricker. Saga ammar men tillåter sig något glas vin till leken. Skrattar, älskar. På jukeboxen i baren spelas rocklåtar på löpande band. En kväll super vi till ordentligt. Dansande till en gammal klassiker, kastratsångaren sjunger: "When a man loves a woman ..." Somnar stående. Mitt under löpande tryckare försvinner jag in i dimman ...

MEETING GOD ...

ingen otrevlig situation ... kan tolkas så för den oinvigde ... det verkar som om avträdet fortfarande används ... dock inte i urinerande syfte ... ej heller gödslas dynga i det mögl.igt stillastående vattnet ...

utifrån korridoren hör jag avlägset en radioapparat utsändandes musik ... någonstans långt bort ifrån ... i de myllrande gångarna ... rocksångare sjunger mjukt ... på gränsen till falskt ... men han faller aldrig ned från den slaka linan ... vinglar fram över tonerna ... det är en vacker ballad ... är det mitt hopp som sjunger ... eller ...

svanesången ...

MESSAGE FROM GOD ...

Vaknar före gryningen. Skallen spränger. Ligger, med ryggen ömmande, på biljardbordets gröna filtmatta. Tar mig upp i halvsittande. Saga finns inte i rummet, fick antagligen inte ut mig ur fyllefoggen ...

Tar mig vinglande upp i köket. Dricker en hel liter gräddig mjölk, knaprar i mig fyra huvudvärkstabletter. Rejäl baksmälla. Tyvärr blandade jag whisky med vin och öl, älskar alla sorterna. Super jag vill jag smekas av dem alla. Priset är fyllesjuka. Drabbas inte ofta då jag mycket sällan festar till det. Bestämmer i stundens belägenhet; det skall i framtiden ske oftare ...

A man's got to do what a man's got to do ...

MEETING GOD ...

texten smeker mina öron ... får färgflagorna att fladdra i tonerna ...

when that boy cries Mary in the dawn ...

when the sun lies silent from the rain ...

in the new day breaking of that sound ...

will you fly ... me ... to the moon ...

will a lie ... be ... truth ... to you ...

when that girl shoots her horse and let it die ...

and the ants put a drop stop to that fight ...

in the doo ... ooooh ... whap ... lap ...

you and I ... will survive ...

MESSAGE FROM GOD ...

Saga ligger i den breda sängen, vid bröstet har hon vår yngsta familjemedlem, avsomnade under amning. Bredvid, på min sida av madrassen, ligger Lisa på bredden, huvudet mot sängkanten, ena foten över Sagas mage. Ett lågt snusande, snörvlande hörs från dem. Huset knäpper till då och då. I ett element cirkulerar vatten.

Sätter mig ... mycket försiktigt ... i korgstolen. Njuter himmelriket en stund ...

MEETING GOD ...

gubben Niklasson stannar plötsligt i den svårtillgängliga tusenårsskogen ... sjön de noterade från dalsidan breder ut sig framför dem ... ligger där som en tonad glasruta ... inte en rörelse på ytan ... för ett ögonblick tror Lars att det är utbredd plastfilm ... ser så overkligt ut ... klafsar sankmarken fram mot vattnet ... kör ned armen i vätskan ... till armbågen ... drar snabbt upp den drypande armen ... tar av skjortan ... jackan ... vrider ur brunt dyvatten ...

"vars i helvitte är vi" muttrar Niklasson ...

Lars svarar inte ... han har ingen aning ... detta har aldrig hänt honom förut ... under hela sitt vuxna liv har han varit i skogen ... följt stigar ... kartor ... aldrig har han stött på en svart fläck ... hört talas om upptäcktsresandens vedermödor från förr ... nya världar ... områden otrampade av mänskliga varelser ... åtminstone av den moderna ... nya sorten ...

försöker ta sig runt sjön innan kvällen ... de har visserligen fjällvant med sig en extra dags proviant i ryggsäckarna ... men inga sovsäckar ... blir de kvar i natt ... sover de under den aldrig mörknande himlen ...

MESSAGE FROM GOD ...

Resten av den smällkalla vintern tillbringar vi i mellan tjugofem till trettio graders värme. Salieri fortsätter att utveckla mig i Bacchus hemligheter.

En liten djävla larv har slagit ut några hektar rankor. I stort är allt väl, men besmittad mark måste besprutas och ligga i träda ett par år, sedan skall den kalkas och det fjärde året, gödslas rejält med bergssvinsdynga, femte året efter attacken kan en ny sorts druva planteras på den drabbade jordbiten ...

Anrik vinexportör med huvudmarknad i det stora landet i väster vill starta försäljning av vår drottning bland de bättre restaurangerna på östkusten. Kommer överens om årlig mängd över en middag i stövelns hufvudstad. Passar på att besöka platsen där kristna kastades för vilddjur. Märkligt oansenlig plats, trots sin vida berömmelse.

Efter segslitna namnförhandlingar enas vi om att den nya familjemedlemmen skall heta Leif, vilket betyder arvinge. Vår son har nu ett traditionstyngt fornnamn. Gått under många smeknamn fram till denna stund. Döper honom genom att föra en droppe Rosso della Vita Negresso mot hans panna, därefter kysser jag bort vinet. Under hela akten ser han mig tryggt i ögonen, den absoluta, ovillkorliga kärleken. Jollrar sitt oskrivbara språk, somnar sedan blixttvärt i mina armar ...

Fyra veckor senare dör han av en mystisk bakteries hänsynslösa framfart, trots alla likvida medel vilka köper de bästa läkarna på det främsta sjukhuset. Det lilla hjärtat orkar inte, och som en slags påspädning av eländet, eller som skulle det sättas en punkt, förstör ett jordskalv en fjärdedel av vinskörden.

Tre månader av mitt liv försvinner spårlöst. Dricker kopiösa mängder sprit, är till sist uppe i en konsumtion av två liter maltwhisky per dygn. Det som räddar mitt liv, förhållande, skyddsängeln ...

Salieri Montadello ...

MEETING GOD ...

den nordiska försommarnatten är över dem ... lägger sig som ljuset tränger tunt bomullsöverkast ... solen går inte helt ned bakom bergen i natt ... bäddar med granris ... använder arbetsjackorna som liggunderlag ... lägerelden knastrar bort det värsta av myggen ... kaffetörstiga ... tvingas dricka det dyigt rostmörka tjärnvattnet ... stirrar upp i den svagt disiga aftonen ...

mitt i natten väcks Lars av ett skrik ...

MESSAGE FROM GOD ...

En morgon tar Salieri mig helt sonika ned till stranden. Floden, grunden till vårt vins existens. Via ett flertusenårigt kanalsystem byggt redan på kejsarnas tid förses våra torra ägor med det livsviktiga elixiret.

Vaknar upp ur den långa fyllan, sitter till bröstet i det något kyliga vattnet, bakom mig hör jag min gårdskarls ilskna utskällning. Tar mig åt huvudet, försöker stänga ute mannens skrik genom att hålla för öronen. Det hjälper föga. Efter femton minuters avhyvlande har jag så att säga, got the message ...

Glömma de döda en smula. Men inte helt. Värna de levande. Allt går faktiskt vidare, med eller utan mig. Slutar dricka några dagar. Tar långa promenader i bergen. Hälsan, livet på väg tillbaka. Nu väntar sorgearbetet jag skjutit upp i spritmörkret. Saga ligger före, men är inte helt framme över kanten till ett oaccepterat faktum.

För mig väntar ännu en tids helvete ...

MEETING GOD ...

Lars stirrar in i den kompakta skogen ... det var inget djurs skräckslagna skrik ... dödsljuden är han väl bekant med ... kaninens skri när fjällugglan sätter sina nålvassa klor i den lena kroppen ... älgkalvens kamp med järven som bödel ... en skogsarbetares struplljud när den väldiga trädstammen vräker sig över honom ... strax innan den klyver kroppen ...

det här var en människas sista plågade vrål ...

MESSAGE FROM GOD ...

Startar varje dag med att besöka graven. Ligger inbäddad i en liten olivlund ned mot flodstranden. Vid svart marmorgravsten står en vacker utemöbelgrupp från sekelskiftet, vitmålade, nordiskt hantverkade trästolar intill ett tungt bergsmarmorbord. Sitter en stund. Dricker en termos hett svart kaffe. Småpratar med min sons ande. Därefter tar dagens hårda slit över. Nya vinfat i tjärad ek har anlänt. De skall byggas in under markytan, där ett nytt lager, beläget på den norra sidan av gården, skall framädla vår prinsessa. Salieri anför tre gårdsmän plus mig. Arbetet gör mig gott, spritfläsket runt midjan försvinner, min goda grundkondition kommer åter. Aldrig ägnat mig åt målmedvetet motionerande, dock rört mig mycket. Tagit apostlapållarna i stället för bilen. Lekte mycket fotboll som barn, klättrade i berg, sprang i skogarna runt barndomshemmet, gick ibland miltals för att fiska i någon liten tjärn ...

Är omtyckt patrone på gården. Alla vet att jag är längst upp på maktstegen, längst ned på kunnandets trappa. Lär mig dock mer för var dag, klättrar på stegen mot vinets hemligheter, längst där uppe på krönet. Respekteras för min järnhårda vilja, mitt målmedvetna inlärningsresultat, sunda bondförnuft.

Salieri meddelar mig en kväll när vi sitter vid floden. Njuter en karaff, fåglarnas godnattjatter. En konkurrerande gård i norr har försökt leja delar av min vida beryktade personal, inklusive honom själv.

Ingen antog erbjudandet, ville inte lämna mig vind för våg. Lojalitet.

Blir mycket glad över informationen ...

MEETING GOD ...

gubben har inte vaknat ... snarkar i sin spritkoma ... Lars beslutar sig
för att få liv i glöden ... under letandet efter nytt bränsle intill den täta
trädmuren hör han hela tiden rörelser inne i granmörkret ... något
följer varje rörelse han gör ... backar mot nattlägret ... instinktivt
lämnar han inte ryggen mot skogen ... får igång elden ... över knastret
... röken ... mer anar han än hör något förflytta sig inne bland de
uråldriga träden ...

då och då hör han gutturalt tjatter blanda sig med mullrande
morranden ... sitter med elden mellan sig och faran ... väntar in dagen
... bligande ... tjock träpåk mellan knäna ... huden knottrar sig i långa
vågor av rysningsbyar ... Niklasson sover tungt ... lyckligt oviss ...

till sist faller Lars haka ned mot bröstet ...

sömnen våldtar honom ...

MESSAGE FROM GOD ...

Pratar med Valdemar en kväll, knastrig ledning från hemlandet,
frågar mig om jag är redo?

"Snart", förvånar jag mig själv med att svara. Det kanske är så ...
att man inte kan ändra sig, alla sidor av en själv måste få näring. Vet
inte om min sons död påverkat beslutet. Under mina långa ensamma
bergspromenader hinner jag tänka en hel del. Har ett mycket bra
liv, värt att fortsätta. Ingen självförbränning är nödvändig, det
var en tillfällig flykt, därmed inte sagt att jag underskattar Salieris
omtänksamma ingripande, kunde skadat mig eller någon annan i
dimman. Under en morgonvandring uppströms floden stöter jag på
en fiskande gentleman. Sitter i en fällstol under en stor sombrero,
sover. Långt metspö i en klyka bredvid sig. Ställer mig några meter
från den vitklädde herrn. När jag stått i någon minut, tittat på
flötet, hör jag en högländsk knarrande röst under den vidbrättade
halmhatten:

"Slå dig ner, unge man! Jag har whisky i korgen, utmärkt salami, vin och bröd. Det är frukostdags på min ära!"

MEETING GOD ...

gled in i henne ... så långt det är möjligt ... inga skygglappar ... när hon bad honom binda hennes händer i järngavlarna förstod han ... vi vill alla äga ... ägas ... från och till ... när hon ville att han skulle snärta hennes stjärt med hjälp av det nitade läderskärpet tvekade han inte ...

efteråt pratade de inte ... låg utmattade ... intill varandra ... hon såg in i honom ... log ...

han besvarade hennes leende ...

MESSAGE FROM GOD ...

Känner genast igen honom, sett honom på bio, nu gråvit i håret, men fortfarande lika muskulös. Vithårig bröstkorg, breda skuldror, solstekt ansikte, vit skäggstubb.

Han svär några eder, flötet har försvunnit under vattenytan, han drar upp en färgskimrande forell ...

"Ge mig fiskkorgen är du bussig", ber han med sitt karakteristiska läspande ...

MEETING GOD ...

han vaknar med ett elektriskt spritt i hela kroppen ... så kraftigt att det smäller i lederna ... vet inte hur länge han sovit ... elden har falnat ... ryker lite ur glöden ... Niklasson är borta ... granrisbädden tom ... i panik vrider Lars huvudet för att se om han står någonstans och pinkar ... ingen gubbe ... tar ett fast grepp om påken ... går över till sovplatsen ... blodstänk över riset ... halvt urdrucken sjuttiofemma explorer vodka ligger vid sidan om arbetsjackan ... Lars skruvar av korken ... tar en rejäl klunk illasmakande sprit ... finkel ... det är gubbens egenhändigt tillverkade "he-he" ... stoppar ned flaskan i innerfickan på sin rock ... börjar sedan tränga sig in i den tätvuxna trollskogen ... han skall hitta sin vän ... kosta ... vad det kostar ...

MESSAGE FROM GOD ...

Efter att ha landat fisken, delar vi vin, korv och bröd i den varma morgonen. Han talar som om vi känt varandra en längre tid.

"You know, sport", läspar han. "Man ska alltid ha en lite för tunn lina, ett lite för klent spö. Allt annat är, for lassies, a real sportsman, ger bytet en ärlig chans." Jag förstår. Lyssnar till undervisningen utan att avbryta ...

"På kroken, frugans valnötsbröddeg. That's the secret." Han blinkar, ser sig om, som vill han att inga fiskespioner skall komma hemligheten nära. "But you have to add something", viskar han, blinkar igen, placerar omsorgsfullt den lilla degklutten på kroken, därefter gör han korstecknet.

"Catholic, you know. But what the fuck, It works." Nu ler han försmädligt, drar ihop det rynkiga ansiktet till en grimas ...

"Now, the real thing ..." Fortfarande viskande. Böjer sig ned mot korgen. Tar upp en riktigt gammal malt. Knirkar upp korken med ett avslutande ljudligt *fffhummmphh*, sväljer en rejäl klunk, rapar högt ...

"Sorry, but it's necessary." Han spottar en rejäl whiskyloska på degkulan och slänger agnet i vattnet ...

"Fish loves matured whisky, and so do we." Räcker över den dyra buteljen. Jag dricker rätt ur flaskan, anar att det är så det bör gå till. Han muttrar något ohörbart, nickar nöjt, lutar sig tillbaka. Ingen av oss har presenterat sig än.

Känns inte nödvändigt ...

MEETING GOD ...

med ett stort stånkande frust tar sig Lars igenom de sista hopväxta granarna ... glänta ... av hand upphuggen ... femtio meter i diameter ... i mitten en nära två meter lång påle vars topp pryds av Niklassons huvud ... en fruktans grimas i det döda ansiktet ... ögonen vilt uppspärrade ... de grå hårtestarna fladdrar i den milda brisen vilken letar sig ned från världen ... instucken i den vitt gapande ljudlöst skrikande munnen hänger gubbens kuk med tillhörande fröpåse ...

Lars vomerar luft och galla ... faller på knä i yrsel ... trots att han är på avsvimningens rand håller han sig närvarande ... får inte tuppa av nu ... blundar ett slag ... får tillbaka känseln i benen ... tar ett djupt andetag ... ett till ... greppar därefter flaskan ... skruvar av korken ... dricker några djupa klunkar av den vidriga spriten ... det är ... en vidrig situation ...

öppnar inte ögonen förrän allt är lugnt i magen ... tar sig upp på fötter ... nu är han djävligt vaksam ... står någon minut i skogskanten ... lyssnar ... inget utom skogens ljud ...

han tar sig fram till den stackars saten ... runt om pålen ligger kroppsdelar ... som avslitna ... kastade ... nu ser han ... de är utlagda med utstuderad precision ... en meter ut från pålroten ... benen ... upp till ryggslutet ... ligger på var sida ... sydväst ... sydöst ... armar ... nordost ... nordväst ... händerna saknas ... mördarnas souvenirer ... överkroppen ... nerkörd till marken över den nyhuggna granpålen ... bröstkorgen mot norr ... ansiktet vänt mot söder ... inga kläder ... Lars tvingar sig att se den misshandlade svullna skallen i ögonen ... någonstans ... under skräcken ... växer en känsla av accepterande ... trots den absurda totalt overkliga situationen infinner sig ett slags kyligt lugn ... som vore han redan uppstucken bredvid sin forne mentor ... Lars lägger ömt handen mot Niklassons kalla kind ... ett moln av blåsvarta flugor lämnar skallen ...

"vem det än är som har gjort dig detta Stig ..." använder aldrig gubbens förnamn ... förvånas dock inte över att han gör det nu ... "ska jag fan i mig slita av deras kukar så som dom gjort med dig ... sen ska jag lämna dom att förblöda ... om dom har tur"

pratar i vanlig samtalston till Stig Niklasson ... vänder sig därefter i tur och ordning i alla fyra väderstrecken ... vrålar med lungornas fulla kraft rakt in i barrmuren ...

"nuuuuu kommer jag era djääääävlar ... nuuuuu kommer jag ... håll i kukarnaaaaa era aaaaaaas ... för nu djävlar anamma kooooommeeeeer jaaaaaaaaag ... "

MESSAGE FROM GOD ...

Hela förmiddagen passerar. Vi dricker, äter. Den kände filmhjälten lär mig allt om forellfiske. Meddelar att vi är grannar, smakat mitt vin, tycker att det är:

"Close enough, with a good piece of steak." Föreslår att jag skall komma hem på middag. "Frugan lagar fantastisk mat." Upphetsat berättar han om sitt måleri. Berömmer traktens underbara ljus. Då och då drar han upp en glänsande munsbit ur floden, spottar sprit på en ny degkula.

"I'm an artist you know. But I didn't come down with yesterday's rain ... You have to make a living." Han viftar i luften, som skrämde han iväg en irriterande insekt ...

Det om den livslånga filmkarriären ...

MEETING GOD ...

instinktivt bryter han norrväggen ... ursinnigt tränger han igenom den massiva granlabyrinten ... hunger och törst är som bortblåst ... nu är det hämnd ... känner sig som en osårbar maskin ... brutal stridsvagn ...

nästa öppna plats skymtar i det skumma ljuset ... han stannar ... frustar likt en sydländsk tjur på arenan ... svetten rinner om ansiktet

... ryggen ... byxorna är sjöblöta i skrevet ... ett tiotal meter kvar till ljuset ... står alldeles stilla ... efter några minuter ... kanske en kvart ... vet inte så noga ... morrande ... tjatter ... de ljud han noterade i natt ... vad fan är det ... inget levande låter väl så ...

MESSAGE FROM GOD ...

När vi skiljs bestämmer vi att jag och Saga skall komma över till honom och hans:

"... beautiful wife Manuella." Två dagar från nu, till helgen. Kraftigt handslag, vänligt leende. Han packar ihop sina fiskeredskap. Jag går hem till gården. Salieri kommer att muttra, smita från arbete är inte nådigt i hans ögon.

Antagligen får jag en fabelmoralkaka skopad över mig när jag kommer hem ...

MEETING GOD ...

den norrsprungne tvåmeters bjässen smyger tyst som en urmohawk ... skogen är hans vardagsrum ... vilka det än är som tagit livet av vännen har de skitit i det blå skåpet ... eftersom han inte har en aning om vad han har att göra med rusar han inte blint ut ur den skyddande omgivningen ... sätter sig försiktigt på huk en meter från trädgränsen ... likt en jagande jaguar spejar han mot bytet ... det här får ta den tid han har kvar ...

MESSAGE FROM GOD ...

Mycket riktigt får jag mig en rejäl salva av Salieri, full av arbetsmoralisk degeneration hos den moderna människan, blandat med eget hopkok av eder och spott över arbetsskygga rikemansbarn ...

Älskar honom för hans förbehållslösa engagemang i den

kommande skörden. Han har rätt, emotsäger aldrig en äkta expert i frågan om dennes yrkeskunskap.

När utskällningen är över fortsätter vi arbetet, som om inget hade hänt. Salieri vet att jag respekterar honom. Jag vet att han inser att jag är boss, ingen skada skedd, när jag bett om ursäkt är ilskan som bortblåst. Det nya vinförrådet är snart klart. Skall rymma flera hundra tunnor av det nya utmärkta bordsvinet ...

MEETING GOD ...

han sitter i skräddarställning under barrtaket ... den stora tallpåken täljs till ... framhäver de runda knölarna ... ett antal kvistutskott vässas till ... skallar skall krossas ... ser rörelser ute i ljuset ... har inte sett någon varelse än ... ljuden verkar komma från en lägerplats ... dagligt arbete tycks pågå ... han har suttit en lång stund ... väntat på rätt tillfälle ...

påken är klar ... ålar några centimeter till ... måste veta vad det är han skall jaga ...

MESSAGE FROM GOD ...

Strax före middagen med den berömde filmstjärnan och dennes hustru, anar vi att Manuellas matlagningskonst är precis så fantastisk som Thomas påstått, vill att jag kallar honom för hans andra födelsenamn ...

"Friends use it", läspar han. "Det första är mitt officiella namn och brukas inte i hemmet."

Köttoset från köksregionerna förebådar en ljuvlig måltid. Det vattnas i munnen på mig, trots att jag inte har en aning om vad som skall serveras. Det visar sig att även Manuella är målande konstnär och skulptris. Visas runt, med var sin aperitif i handen, jag sippar på en dry Martini, skakad. Saga väljer ett glas vitt producerat av en granngård, ett utmärkt vin. Ateljén ser ut som ett tonårsrum, som om en militär attackstyrka slängt in en handgranat, utfört eldstridsuppdrag, därefter dragit sig tillbaka. Dukar, penselburkar, färgtuber ligger spridda i något slags ordnat kaos i den stora ljusa arbetslokalen, grovt brunt papper ligger till synes slumpmässigt utslängt över golvet, flera ofärdiga, gipsklädda stålnätsvarelser, blivande skulpturer, står här och var på otillgängligt lediga ytor. En transistorradio brölar hårdrock. "If you want blood ... you've got it!" skriker den hese, numer avlidne kultsångaren från ena hörnet. I ett annat står ett tjugotal dukar travade mot väggen. På golv och stolar runt om i rummet står vinglas i olika kulörer och storlekar kvarlämnade. På ett av studions fyra fönsterbräden står sex askkoppar över brädden fyllda med aska och cigarrfimpar.

"Suit yourself", visslar han när jag ber att få titta på dukarna. Bläddrar försiktigt igenom högen. När jag når den längst in andas jag lite fortare. Målningen föreställer en liten gosse sittande på en bänk, bakom honom slår en jättelik ek ut sina armar, som beskyddar den pojken från all världens faror. Den lille grabben är mycket lik mig som barn, det skulle kunnat vara jag ...

"Is it for sale?" viskar jag. Han ler lite underfundigt, nickar. "You like it?"

"Yes, very much!"

"One box of your best wine, and it's yours ..."

"Let's trade!"

Saga tittar igenom Manuellas verk, hittar en surrealistisk bild av vad vi tror föreställer en häst, vågar inte fråga om det verkligen är så. Spännande, attackerande penselföring, starka färger, vacker och skrämmande. Djurets ögon lyser av skräck. Ytterligare byte med vinlåda och det efterföljande fasta handslaget slutför köpet.

"Dinner!"

Thomas avbryter affärsverksamheterna ...

MEETING GOD ...

nu blir han osäker ... har han alltid sökt ... döden ... minns en händelse ... ligger i hög fart på vägen ... gammalt fordon från öst ... skakigt ... bullrigt ... som att köra en konservburk med en hastighet på etthundratjugofem kilometer i timmen ... bilen går inte mycket fortare ... med tanke på den dåliga komforten är det fullt tillräckligt ... det kunde lika gärna vara tvåhundratrettio med en modernare bil ...

bredvid sitter hon ...

deras äventyr hade utvecklats ... sökte hela tiden nya sätt att tillfredsställa varandra ... sig själva ... tänjde på gränserna ... utmaningarna blev våghalsigare för var dag ... risk för upptäckt var alltid en krydda ... en variant var i vattnet ... mitt bland badande människor ... nu skulle de ... utmana döden ... han minns ej vem av dem som inledde experimentet ...

MESSAGE FROM GOD ...

Under måltiden, helstekt lamm med rotfruktsgratäng och kastrullvis med krispiga grönsaker, berättar Thomas att han fått ett erbjudande som är mycket svårt att tacka nej till. Har av filmbolaget erbjudits en oerhörd summa för att en sista gång gestalta den världsberömde kvinnotjusaren på vita duken ...

"I think I'm a little bit too old, but the sum of money is enormously big, what do you say?"

Är tvungen att tänka efter en stund innan jag kan svara på frågan. Känner så väl det delikata problemet, bara ett jobb till, enkelt, bra betalt. Svårt att tacka nej. Inget lätt svar.

"Money isn't everything!" det är Saga som inflikar, ser mig i ögonen när hon talar.

Jag avstår det instinktiva behovet av att gå in på de rent konstnärliga aspekterna, att människan inte bara är här för att födas, reproducera sig, sedan dö. Måste skapa, hon är en skapande varelse med ett inre kreativt behov, vilket uttrycker sig på olika sätt hos olika individer. En del täljer i trä, skriver poesi, spelar teater, andra ... avlivar. Det är aldrig enkelt i sina beståndsdelar. Att det skulle komma an på pengar är helt absurt. De *är* visserligen en drivkraft i sig, men inte betyder pengar ett djävla skit för en sann konstnär. Den lilla killen, som precis fått sin första elgitarr, kopplar in den i förstärkaren, drar plektrumet för allra första gången över strängarna, ryser i hela kroppen, då kristallglaset, som står på en piedestal i hörnet, som innehåller en liten torkad gräshoppa, vilken han fångat på en naturexkursion med skolklassen för ett par somrar sedan, går i hundratals bitar, enbart genom att han får strängarna att svänga. Musikens magiska kraft. Det är först när den lille gitarrguden spelat, spelat, spelat, spelat, spelat och spelat, insett att det finns en begåvning, läggning för spelet, får andra människor runt omkring honom att också inse, grabben har talang. Det är då, och enbart då som kommersens inträde är möjlig. Före den tidpunkten existerar pengar bara som ett nödvändigt ont, ett hinder. Svårt att få tag i tillräckligt med medel för att utveckla vapenarsenalen, köpa bättre instrument, förstärkare. Hyra eventuell repetitionslokal för det nystartade rockbandet, investera i en sånganläggning. Köpa sig tid. Tid att stå i ett trångt, svettigt utrymme timme ut och timme in, dag efter dag, vecka efter vecka, år efter år. Utveckla musiken tillsammans med likasinnade. Köpa, eller låta sy upp, scenkläder till debuten, där han kanske, om han har lite tur, kan kvittera ut sitt första gage ...

"You're quite right, love", säger Thomas. "I bloody well think the world can do without me doing it again." Han funderar några sekunder ...

"So it will be. I think ..." En lång stund ser han mig i ögonen, yttrar inte mer i saken ...

MEETING GOD ...

hennes hand runt kuken ... vänder sin blick mot henne ett ögonblick ... ser hennes illmariga leende ... de har gjort det på motorhuven vid någon rastplats ... ute i det fria på alla upptänkliga platser ... tidpunkter ... aldrig i farten ...

hon lyfter kjolen ... har inte trosor när de är ute på resande hjul ... utan att lätta gasen det minsta släpper han ratten med högerhanden så att hon kan klättra över ... det är sen kväll ... mörkt ... då och då ser han mötande lyktor på vägen ... trafiken är inte tät men den är där ... den är magisk ...

MESSAGE FROM GOD ...

Vinet gör succé på andra sidan oceanen. Efterfrågan stegras gradvis men jag avböjer en omedelbar utvidgning av drottningen, vill hålla henne exklusiv. Erbjuder istället den lilla prinsessan till min exportör, vårt nya bordsvin, Rosso della Vita Madonna Margheritha. De första lagrade faten beräknas vara redo att skeppas framåt vårkanten. Affären beseglas genom en provskål på min kontakts avdelningskontor i grannprovinsens hufvudstad.

Valdemar ringer, vill träffas hemma hos honom. När jag ber honom förklara blir det tyst i luren, endast ett kosmiskt sprakande knaster ...

"Inte över telefon, kom hem!"

Han bryter samtalet utan vidare avsked ...

MEETING GOD ...

de kallade det bildansen ... varje långresa borde rekordet slås ... hastighetsrekord med den gamla kultbilen ... kommer ihåg den tillhörande färgburken med de märkliga kyrilliska bokstäverna ... matchande bättringsfärg i ett specialfack i kofferten ... originalverktyg i uppvikbart bomullsbandomknutet läderimiterat galonfodral ... i arsenalen ingick även en rejäl fotpump ... långt mellan verkstäderna i fordonets hemland ... det var en underbar bil i all sin okomfortabla enkelhet ... dånet i åttiofem kilometer per timme var fruktansvärt ... över hundra var det näst intill outhärdligt ... närmade man sig hundratjugo började det bli svårt att hålla sig kvar på vägen ... prata var omöjligt i den hastigheten ...

de älskade sin bil ... hade sällan bråttom ... använde vagnen till och från sina arbeten i den lilla staden ... handlade ... på längre resor tog de det ytterst lugnt ... njöt av utsikten ... rastade ofta ... fördelarna med bilen var att den ytterst sällan krånglade ... det fanns inte så mycket som kunde gå fel i den gamla väl beprövade konstruktionen ...

MESSAGE FROM GOD ...

Saga blir inte glad när jag måste resa. Gör inga hemligheter av att det är Valdemar jag skall träffa. Ett ohjälpligt gräl kröner den nedgående solens sista glitter i köksfönstret. Ingen samvaro i kväll ...

Hon försvinner upp i sovrummet och vägrar tala med mig. Jag ser ett naturprogram, krokodilen, en nära sjuttio miljoner år gammal, perfekt utvecklad ...

jägare ...

MEETING GOD ...

novemberkväll ... fortfarande ingen snö men ett ihärdigt duggregn störde sikten ... de plötsliga sidovindarna gjorde leken ännu mer spännande ... det var inget fel på billyktorna men de gick ändå inte att jämföra med moderna strålkastare ... glödlamporna ... reflektorerna var av samma sort sedan krigstiden ... det gjorde framfarten något dunkel vid mörkerkörning ... värre var det vid möte ... då lystes hela kupévärlden upp i en ljusexplosion ...

vägen försvann ett slag ...

plötsligt infann sig ett längre lut ... utmärkt läge att pressa rekordet med någon kilometer i timmen ... upphetsat vände han sig mot henne ... utan att byta ett enda ord förstod de vad som väntade ... han såg det blandade dödsföraktet ... upphetsningen i hennes ögon ... förstod att han måste se likadan ut ... kuken stod redan som ett järnspett i de trånga jeansen ... förspelet var redan avklarat ... ingen av dem behövde längre tid ... ingen handgriplig stimulans ... var av samma sort ... urdjur ... hane visavi hona ...

MESSAGE FROM GOD ...

Flyger hem till slasket. Grått och trist ... ljuvligt. Hemma. Sover ensam i det stora huset. Intager en frukost bestående av en panna kaffe. Bilar över till Valdemars gård. Över en lunch förklarar han det något udda erbjudandet han delgivits.

Spjutspetsen på en mycket framgångsrik karriär, once in a lifetime, en utmaning vilken ingen sann konstnär kan avstå, oaktat den enorma belöningen vid avslutat verk.

Det blir en lång lunch ...

MEETING GOD ...

nu stundade ... lek ... allvar ... med döden som medresenär ... snabbt och resolut grenslade hon honom ... lutade kroppen något åt vänster ... höger från hans håll ... allt för att föraren åtminstone skulle få en skymt av vägen ... ännu viktigare ... se hastighetsmätaren så att han vid rätt tidpunkt kunde notera rekordet vilket senare fördes in i deras gemensamma dagbok ...

har vänster hand på ratten ... den högra greppar hennes stjärt ... det gällande rekordet var vid tillfället hundratolv kilometer i timmen ... nu darrade nålen runt hundrafemtonstrecket men rekordet var ej i

hamn än ... de måste få orgasm bägge två ... annars ...
ogiltigt ...

MESSAGE FROM GOD ...

Över telefon meddelar jag Saga att ett arbete skall planeras de närmaste två veckorna, själva uppdraget skall utföras till sommaren, alltså ett halvår från nu. Mer kan jag inte avslöja, målet är då ute på en längre väljarturné för sitt partis räkning, nasa röster, lova guld och mer jobb inför höstens avgörande folkomröstning.

Skall den sittande regeringen vara kvar eller inte? Krafter inom landets underrättelsetjänst anser att ett skifte är nödvändigt för landets framtida exportframgångar, en nödvändig del i det samgående med den kartell av stater vilken är under het politisk debatt, tycker inte att den sittande regerande politikens utövare förstår marknadskrafternas bästa. Facken har fått alldeles för mycket att säga till om, trots ihärdiga försök att urholka deras makt, korrumpera deras företrädare. Enda utvägen anses vara att en gång för alla bedöva fotfolket. Radera vitala delar av leden.

Jag har egentligen inte något emot styrkrafternas personer, oavsett politisk ståndpunkt. Oberoende av varandras bevekelsegrunder, sköter vi våra respektive arbeten. Men som professionell utövare av mitt yrke kan jag inte tacka nej, det är helt enkelt ett för stort jobb. Efter ett dylikt utförande är man numero uno in the killing fields.

Gud ...

MEETING GOD ...

de slår det ... etthundranitton kilometer i timmen ... farligt nära att frontalkrocka med en enorm lastbil ... i en evighet finns de tjogtals strålkastarna i hela hans värld ... signalhornens brölande omger dem ... en vrålande valross i stål plåt och gummi ... hon rycker spasmiskt

... morrar djupt ned från bröstet ... saliv rinner in i hans öra ... uppblandat med blod från hennes tänders grepp om örsnibben ... hon gräver med tungan så långt in i hörselgången det är möjligt ... han exploderar en tiondel senare ...

har ingen aning om hur han undvek långtradaren ... det skedde instinktivt ... utan egentlig medveten medverkan ... de lever ... stannar vid ett litet dyrt hotell ... firar in rekordet med en måltid på rummet ... äter maten genom att placera den på varandras russvettiga kroppar ... slickar legymsallad och salt vätska ur hennes navel ... suger champagne ur hennes könshår ... äter skinkskivor från hans rygg ... hon för in en tunn rå morot i munnen ... väter den hal med sin saliv ... för sakta in den i hans anus ... tuggar ut den med läpparna tätt mot hans slutmuskel ... de är mycket upprymda ... beställer in mer vin ... orgie ... somnar helt utmattade strax före solens uppvaknande ... sover in på eftermiddagen då resan fortsätter vidare ... nu längst en ringlande klippkustväg ... låter det magnifika rekordet vila i sin storhet ...

ägnar en timme att gå runt på en lokal loppmarknad ... hittar fyra stycken underbart rustika mattallrikar i stengods ... antika ...

får utgöra mästarpriset den här gången ...

MESSAGE FROM GOD ...

Inser givetvis att detta är det hittills mest komplicerade uppdrag vi accepterat. Det är av yttersta vikt att hjälpen från högre instans är av högsta klass, och utan brister. Ingen marginal för improvisation, allt måste ske inom ett exakt uträknat schema.

Tar oss an uppgiften med upprymdhet. Stort allvar. Det kan inte liknas vid något. Kärlek, älskog, barnafödslar till trots.

Ändra historiens händelseförlopp är stort. Det vet de få som haft chansen. En del framgångsrika. Andra inte.

Vi kommer att lyckas ...

MEETING GOD ...

Lars Öhman har mycket svårt att tro på det han ser framför sig i gläntan ... han har mycket försiktigt ålat de sista centimetrarna ... långsamt lyft en av de nedre täta grangrenarna ... lägerplats ... permanent ... sex till antalet meterlåga långhus ... grovt tillyxade unggranstammar utgör väggarna ... komplett med halmtak ... rykande rökhål ... miniatyrby ... små getter ... endast femton ... tjugo centimeter höga skuttar bräkande omkring ut och in i de små dörröppningarna ... kor betar i gläntan ... runt tjugo centimeter högre i mankhöjd än de små getterna ... den första mänskliga ... varelsen ... visar sig i ett av husens små gluggar ... kvinna ... böjer sig ut ... tömmer en träskål skulor ... getterna kastar sig över födan ...

fem män kommer ut genom dörren till själva huvudbyggnaden ... under livligt tjatter och med de små armarna viftandes i luften tycks de diskutera en angelägenhet som kräver ett gemensamt beslut ... de sätter sig vid en med deras mått mätt väldig brasa ... liten lägereld i Lars värld ... den till synes äldste mannen ... ledaren ... bär en krokig stav ... ser ut att vara en tallgren modell tjugofem ... trettio centimeter kort ... den når honom till axlarna ... när en av de yngre männen reser sig ... höjer rösten och viftar i luften med en knuten hand ... får han blixtsnabbt ett hårt rapp över smalbenen ... han faller tyst till marken ... gnider sitt ben ... den gamle reser sig ... krossar med ett enda slag skallen på den olycklige ...

gubben är inte att leka med ...

MESSAGE FROM GOD ...

En skrämmande organisation målas upp inför vårt värv, med tentakler ända uppifrån regeringsnivå. Olika medhjälpare ställs till vårt förfogande; vapensmeder, poliser, underrättelsemän, militärer, strateger, tjallare. Vi har bara att välja och vraka bland initierade tjänstemän. Beslutar oss för att använda en väl insatt livvakt från säkerhetspolisen och en högt uppsatt militär strateg, samt en markstyrka bestående av två män och två kvinnor från spaningspolisen, de skall vara våra öron och ögon under själva slutfasen.

Det hemliga sällskapet lyder inte under något namn, har ingen ledare, men opererar under en styrelse om ett okänt antal män och kvinnor, affärsmän, politiker, högt uppsatta poliser och militärer. Vi får givetvis inte reda på vilka de är, men vi träffar en av kvinnorna vilken är vår kontakt, möter henne i en av Huvudstadens flottaste hotellbarer, ironiskt nog en partikamrat, före detta minister, numer värvad till den privata sektorn, sedan hon blivit sparkad efter en icke offentlig incident, jagad i medierna ända tills partiet tvingades lösa henne från sitt uppdrag. Jag känner igen hennes stålkalla blick från ett otal teveintervjuer genom åren. Hon räcker fram ett vitt kuvert till Valdemar, hoppar över presentationer och artighetsfraser:

"Personliga uppgifter om målet, plus en föreslagen plan med ett väl tilltaget kostnadserbjudande", kraxar hon med sin karakteristiska, något falskdarrande röst. "Ni har fyra veckor på er att bearbeta den efter eget tycke och komma med ett löneanspråk." Hon sveper sin drink i ett drag, reser sig smidigare än jag trott var möjligt med den tantigt korpulenta kroppsbyggnaden. "På dagen fyra veckor, här i baren klockan sex. Leverera mig ert förslag. Lycka till!" Rejält handslag och en konkret nick avslutar mötet och hon glider iväg över golvet på höga klackar, anmärkningsvärt graciöst, utan någon som helst osäkerhet i kroppsspråket. Ingen rädsla för eventuell upptäckt. Vet hur spelet spelas. Inget tjafs. Man bestämmer sig för vartåt man vill. Ser till att ta sig dit. Med vilka metoder som helst. Eventuell ånger sopas under den välknutna österlandsmattan.

Sparas till dödsbädden ...

MEETING GOD ...

Lars har gått över gränsen ... fått nog ... de fyra små männen ser skräckslaget jätten kliva rakt in i deras revir ... han är stor i sin egen värld ... i den här är han enorm ... två kliv ... står och ser ned på de vilt skrikande minikrigarna ... jättens rödsprängda ögon ser ut att när som helst ploppa ur skallens hålor ... från husen springer fler av de små krypen ut på gårdens nedtrampade grästun ... ett trettiotal män ... iklädda ett slags skinnskynken med pälsen utåt ... ben och armar lämnas bara i det underliga plagget ... Lars kommer att tänka på en av barndomens tecknade sagoböcker vilka handlade om en stenåldersfamilj ... en flock som reste jorden runt och råkade ut för alla slags underbara äventyr ... men de var snälla ... de här bär på små träspjut krönta med en udd av tillknackad flintsten ... även kvinnor och barn står nu runt omkring honom ... sammanlagt omges han av ett åttiotal knappt knähöga nordpygméer ... kvinnorna och barnen bär samma slags enkla klädnad ... ingen av dem har männens träspjut men var och en har en knölig liten tallgrensklubba i handen ... som vore de alla redo för strid ... med bara några sekunders varsel ...

Lars böjer sig snabbt ned ... fattar tag i ledaren ... grabbar honom resolut runt midjan ... för honom till munnen ... gubben skriker ... fäktar med sin lilla käpp när de jättelika tänderna sluts om hans nacke ... ett av slagen spräcker Lars högra ögonbryn men den stickande smärtan och det efterföljande ymniga blodflödet bekommer honom inte ett jota ... han biter ... samtidigt sliter han kroppen ifrån sig ... som tog han en stor tugga ur en rejäl skinkstek ... han spottar ut huvudet och salivblandat blod framför fötterna på de kvarvarande i byrådet ... sliter på samma sätt av hövdingens ben ... det fräser till när vänsterskanken hamnar i elden ... armarna slits av under ljudligt krunchande ... snarlikt det ljuvliga ljud vilket uppstår när man avskiljer en kycklingklubba från den grillade hönskroppen ... Lars lobbar ut lemmarna framför småfolket ... nu är han röd över hela ansiktet ... halsen och hela bröstkorgen täcks av både hans eget och hövdingens blod ...

MESSAGE FROM GOD ...

Det tar ganska exakt en vecka att utfärda en genomförbar plan. Som alltid när vi sitter med pappersarbetet klart känns det enkelt. I teorin ser nästan allt arbete simpelt ut. Det är bara en hake, Valdemar och jag vet det ... Det är utomstående människor inblandade, vilket betyder större chans till misstag. Rationaliserar därför bort militären, strategin klarar vi själva. Behåller livvakten som informatör, behöver ha insyn i den aktuella tidsperiodens säkerhetsbevakning. Fältarbetsstyrkan måste vi nyttja, men väljer bort en av de manliga poliserna, det räcker med tre spanare. Ett antal olika flyktbilar skall planteras ut en timme före målgång, den detaljen tillåts ex-ministern sköta, givetvis utan att informera den extra personalen om i vilket egentligt syfte bilarna placeras ut. Väljer att använda små verktyg, trots att vi erbjuds hela den militära arsenalen. Jagar inte getingar med hjälp av pansarbrytande granater ...

Vi är yrkesmän ...

MEETING GOD ...

ingen av de små djävlarna försöker fly ... Lars tycker det är märkligt ... de står tysta runt omkring honom ... stirrar ... inte ens de mycket små barnen skriker ... de verkar snarare fascinerade av det lustiga jättemonstret som just bitit ihjäl deras oantastlige hövding ... en av de yngre männen runt elden ryter ut ... vad det verkar som ... en order till den närmaste underhuggaren ... Lars inser att det är stammens nye ledare ... med ett slag av sin vältäljda tallpåk slår han ned den nytillträdde hövdingen i marken ... jord och gnistor far i luften ... marken kring den mycket kortlivade kungen färgas röd ... inälvorna ligger runt den köttiga spräckta biten dvärg ... en helt normal blåglänsande spyfluga är genast där och suger ... synen är absurd ... flugan ... till skalan lika stor som en mindre knähund ... slickar den sörjiga lilla kroppen ...

nu tar det hus i helvete ... på ett par rappa sekunder försvinner alla små varelser ut i skogen ... utan att någon ger ett ljud ifrån sig ... telepatiskt ... instinktivt urbeteende ... de rör sig otroligt fort åt alla håll ... förvirrad hinner han fånga en av kvinnorna som möter samma öde som den forne äldsten ... Lars spottar huvud ... armar omkring sig ... vrålar in i skogen ... börjar förfölja dem ... slänger bålen med de fortfarande kroppsanslutna muskulöst slanka minibenen över axeln ... tränger in i trädväggen med ett ljudligt brakande och under vrål av hela sin kroppskraft ...

MESSAGE FROM GOD ...

Flyger ned till druvorna. Löser ut bilen från flygplatsens underjordiska långtidsförvaring. Bister, uniformerad vakt släpper inte nycklarna förrän jag visat pass, körkort samt betalat notan. Kör till gården, tar ganska exakt två timmar. Lyssnar på rock ur den expensiva bilstereon, kassettband med de ur högländerna sprungna bröderna, numera bosatta down under. Underbart jeansskitiga gitarrer omger mig på hög volym i bilens välisolerade läder- och träkupé. Sångaren vrålar med sina spritbrända stämband:

"I'm on the way to the promised land ... I'm on the highway to hell, I'm going down ... all the way!" Undrar om han fick rätt? Han dog verkligen, strax efter skivans utgivning. Saknad av mig och en hel värld av beundrare. Levde vilt, dog för tidigt. Rockmyten personifierad.

"Whisky and coke ..."

Tyvärr ingen ädel hjältedöd. Stupfull, i baksätet på ett tre hundra hästars landsvägskepp från the Wild West, kvävd i sina egna spyor ...

Anländer gården i en till synes serietecknad solnedgång. Gitarrintroden skakar om mig i ett härligt rus: "Beating around the bush". Lyssnar färdigt på sången, slår av tändningen och går in i husets skenbara värme ...

Dottern sover, Saga är tyst, vill över huvud taget inte prata med

mig. Det passar mig bra, kan ju inte avslöja något ändå. Trots det måste vi tala med varandra, måste förklara för henne, få henne att acceptera att jag en sista gång måste utföra min konst ...
och varför ...

MEETING GOD ...

sökandet efter de två försvunna männen avbryts efter en och en halv veckas ihärdiga spaningar ... kraftigt regnoväder gör det fortsatta letandet omöjligt ... det anses allmänt från både polisiärt och militärt håll att allt hopp i stort sett är ute ... terrängvagnen hittas givetvis men där slutar alla spår trots otaliga helikopterspaningar ... polishundsökningar ... extra inkallade beväringar från det stora regementet i norr ... hårda härdade jägare ... frivilliga civila ... miltals kängtramp runtom i de oländiga fjällnära skogarna utan resultat ...

huvudteorin är att de två stackars skogsarbetarna råkat ut för en björnhona med ungar ... dödats ... ätits upp ... resterna av männen antas järven räven vargen och insekterna ha gjort slut på ...

MESSAGE FROM GOD ...

Fyra månader innan jobbet svänger politiken. De krafter vilka hyr oss tror inte att ett maktbyte är att föredra i nuläget. De tre oppositionspartierna väntas bilda en koalitionsregering tillsammans med en ny joker, det kristna så kallade demokratiska partiet vilket stigit oroväckande i popularitet och som förväntas för första gången i partiets historia få mandat i riksdagen ...

De olika fraktionerna har mycket svårt att enas om en gemensam riktning. Det förvirrade mittpartiet har ökat enligt gallupinstituten och har inte mycket gemensamt med det mer aggressivt pådrivande högerpartiet, som i sin tur verkar tappa mandat likt en medelålders man tappar hår, det efter att stadigt ha stigit i popularitet de senaste fem valen. Mul- och klöverförespråkarna har även de tappat många röster. Det anslutande kristna partiets moraliska värderingar stämmer inte överens med de övriga tre partiernas mer eller mindre demokratiska syn på heta modepolitiska debattämnen, som exempelvis aborter, ekonomi, kvinnliga präster, lämpligheten i att homosexuella ingår partnerskap och vill adoptera barn. En förvirrad röra av politiska ideal, inte mycket till vinnande häst. Det anses allmänt i våra arbetsgivares led att en fortsatt vänsterregering är att föredra. Det aktuella målet tillåts genomföra valturnén då det förväntas av honom att hjälpa till att ro hem segern mot en mer kontinuerligt hanterbar politik, man vet vad man har, men inte vad man får. Uppluckring, förändring i leden får skötas efter valsegern ...

Valdemar i telefon. Frågar om jag följer med i hemlandets dagstabloider, vilket jag givetvis gör ...

"Fågeln får flaxa ett tag till, vi rider framöver istället", säger han över den för tillfället överraskande brus- och surrfria telefonlinjen, han bryter utan avsked.

Lägger på luren med en suck. Står i köket, har en örtmarinerad kyckling i ugnen, nackad på gården, örterna tagna i vår köksträdgård. Går ut till Saga, sitter i hammocken, smuttar på sin nya favorit, det nu för export färdiga husvinet Rosso della Vita Madonna Margheritha.

Meddelar att jobbet är uppskjutet på obestämd framtid. Hon ser på mig, länge ... fortsätter sedan utan ett ord att lösa sitt korsord, smutta rött, äta saltlakrits, dricka kopiösa mängder brunnsvatten. Känner igen tecknen. Vi kommer att bli fyra i familjen ...

igen ...

MEETING GOD ...

från skogen hörs en talgoxe vissla sin vackra sång ... det går mot höst nu ... en ekorre skuttar raskt över den soliga gläntan ... bromsar upp ett slag ... nosar mot de bägge träpålarna i mitten av den öppna marken ... de står på några meters avstånd från varandra ... nyfiket skuttar han fram till den ena ... sniffar på de vita benen som ligger runt omkring på marken ... inget för honom ... den andra pålen lockar desto mer ... lite kött kvar här ... den lille gnagaren tar sig ett par rejäla munsbitar ur det svartruttna köttet ... placerar födan i kindpåsarna för senare bruk ... leker en stund med den lustiga lilla glasflaskan ... ett stort vikingaskepp pryder den ... ser ut att innehålla vatten ... den unga ekorren har aldrig stött på spår från människor förut ... han gör sig illa på den roliga leksaken ... kommer åt en vass kant på metallkapsylen ...

från toppen av pålen ... sittandes på ett till hälften vitt kranium ... kraxar en kolsvart korp ilsket ned på den lilla inkräktaren ... sedan tar den ett rejält köttstycke av det svarta köttet ... rycker det från kindknotorna ... den lilla fågeläggstjuven beslutar sig för att återuppta sitt livsviktiga samlande inför den bittra vintern ... det rasslar till i de nedre grangrenarna ... när skuttar han mot tallekvist ...

MESSAGE FROM GOD ...

Vi börjar så sakta vänja oss vid det lunkande livet på landet. Vinets hemligheter kryper sakta men säkert in i oss. Det rullar på, nästan av sig självt. Ingen utökad försäljningskvot är planerad de närmsta åren. Saga börjar nysta i möjligheterna att fortsätta sin akademiska yrkesroll. Hon har vid ett flertal tillfällen sagt mig att hon saknar sin forskning i människors fobier. Inte jobbat mer än sporadiskt under tiden som småbarnsförälder. Enstaka patienter hör fortfarande av sig då nöden kräver, dock allt mindre sedan vi blivit till hälften utlandsboende. Dessutom är hon inne i en längre tids forskningsarbete, tillsammans med sin chef och handledare, känd professor i universitetsstaden.

Saga är inte bara bra på vinodling, hon är också en högt respekterad psykolog. Nu väntar vi visserligen tillökning, men hon anser sig ändå kunna sköta sin profession, på deltid. Via en mäklare i vår hemstad letar hon lämplig lokal. När jag föreslår att hon kan ha praktiken hemma, ruskar hon bara på huvudet och meddelar mig att hemma är man ledig, sedan går man till jobbet. Det är hennes syn på saken. Hon har tänkt sig att börja arbeta när vi reser hem till vår vackra norra sommar ...

MEETING GOD ...

stelt ... kyligt ... ligger på den kalla asfalten ... i huvudet smeker en rocksångarhjälte ...

"sweet child in time" rösten är fantastisk ... mjuk ... samtidigt kraftfull ... kinden mot blankisen ...

"see the blind man ... he's shooting at the world"

blod ... överallt blod ... lustigt ... det ryker om det ... livet ... som om någon hällt en hink hett vatten över den hala vägytan ...

"the bullets flying ... he's taking toll"

en helvetes tur att jag har en snus under läppen ... tänk att ligga här ensam och dö utan ens en cognacsprilla ... en kopp hett kaffe skulle också sitta bra ... ännu bättre ... en fyrafingrars whisky ... en dödsdömd får ju den sista måltiden ... inte jag ... fick jag en vore nog snuset kaffet och whiskyn mitt val ... inte fan tror jag att jag skulle vara hungrig i väntan på det sista ögonblicket ... ironiskt nog fick ju inte de jag raderat heller någonsin välja ... det gjorde jag åt dem ...

jobbigt att dra in luft med bara en lunga ... varje andetag är en kamp med tiden ... och smärtan ... så lätt det vore ... bara ge upp ...

"the line is thin ... between the good ... and the bad" han närmar sig slutet av låten ...

MESSAGE FROM GOD ...

En något otrevlig incident stör vinidyllen. Saga meddelar mig strax före lunchtid. Två män söker mig. Väntar i den stora stenlagda hallen. De välskräddat kostymerade herrarna står med flotta märkeshattar i handen när jag möter upp. Bjuder in dem i biblioteket. Misstänker att de är poliser, men räds inte något. Affärsmannen och vinodlaren Ola Nilsson är en helt fläckfri man. Fuskar inte med skatterna, alla affärer i perfekt ordning. Ett ultimat alter ego ...

De bägge männen är mycket vänliga, talar lågmält och milt. Tackar ja till ett glas av husets eget, den yngre vill dock inte ha någon cigarr till. Runt trettio, hans namn uppfattar jag som Luigio. Lång, stilig karl, muskulös, vältränad, karakteristiskt ledigt sätt att röra sig, likt många män med det utmärkta självförtroende han utstrålar. Den något satte kollegan, kanske fyrtio, lätt andfådd, pannan svettig i den heta förmiddagen. Baddar med en silvergrå mönstrad sidennäsduk som han plockar fram ur bröstfickan, presenterar sig som signore Lanza. Verkar ha befälet. Tackar ödmjukt ja till en av de handrullade rökpinnarna.

När vi placerat oss i var sin fåtölj börjar de smeksamt förtälja sitt ärende. Jag inser ganska snart att de inte representerar polismakten ...

MEETING GOD ...

från ingen som helst plats ... ingen direkt anledning ... lägger sig en frid ... allt är fint nu ... accepterar mitt öde ... ja ... märkligt lugn över detta faktum ... borde kanske kämpa lite ... stå emot ... kan man ställa sig upp mot herr Död ...

"tyvärr kompis ... men jag tror inte jag har lust att dö" tror det givetvis inte på fullt allvar ... men betänk scenariot ... förvåningen i hans ansikte ... uppriktigt ointresserad av argumentationen ...

"vad menar min herre" artigt mild ... överseende ...

"ja ... alltså ... jag kan inte dö just nu ... har lite att stå i vet du

... ouppklarade saker ... trivialt vardagligt ... fru ... barn ... jobbet ...
gräsmattan ... ja ... livet ... systembolaget stänger sex ... har lite bråttom
... du får ursäkta ... vi syns ... en annan dag ... kanske"

han tittar lite konfunderat på mannen ... lägger handen mot
hakan ... pannan i djupa veck ... kliar lite i skägget ... döden har väl
skägg ... tänk så många ursäkter herr Död hört i sina dagar ... när den
utvalde vänder för att gå fattar döden tag i hans ... av mycken stress
... stela axel ...

"jag måste be herrn ... ta sig samman ... det går inte att ursäkta sig
inför mig ... rekommendera sig från mig är omöjligt ... det måste ni
förstå"

"ja ... ja ... det är jättebra ... fint ... men du ... tiden rinner iväg"
lägger en blick på armbandsklockan för att markera tidens fortsatta
löpande ... "har lite andra ärenden också ... apoteket ... posten ... ja
... du vet ... räkningar ... det kostar verkligen att bo nu för tiden ... fy
fan"

nu ler döden ... inte överlägset ... men ändå av tusen sinom tusen
års undanflykter ... roat ... ett inbjudande varmt leende sprider sig i
hans ansikte ...

"herrn var mig en rolig djävel ... he ... he ... ja ... vi ska nog få det
trevligt på vägen ... men ... vänligen följ med nu ... time is running
out"

inte ens nu lyder den något rabiata människan sitt förutbestämda
öde ... fortsätter motståndet ... i ett obevakat ögonblick slinker han
undan ... försvinner in på en tvärgata ... herr Död skyndar efter
men kan inte se mannen någonstans ... försvunnit i folkmassan ...
han svär för sig själv ... skyndar på stegen ... tiden är knapp nu ... fler
hämtningar idag ... ursäkter har han hört förr ... men ingen ... ingen ...
har kommit undan ... någonsin ... lätt irriterad börjar han småspringa
längs den välbefolkade trottoaren ... var det systembolaget mannen
sade ... nu upptäcker herr Död den gröngula skylten ... tar sig med
visst besvär in i den av trängsel mycket varma butiken ... eftermiddag

och helgens varor skall inhandlas ...

upptäcker mannen i kön ... står och letar ur minnet vilken sorts flaskor som bör serveras till nötsteken ... med bestämda steg går herr Död mot sitt mål ...

MESSAGE FROM GOD ...

De erbjuder beskydd. Mycket kan hända en intet ont anande vinodlare på de här breddgraderna, jag förstår visserligen inte vad som vore mycket värre än att förlora ett barn, men följer ändå med i spelet.

När frågan om vad som skulle kunna inträffa slungas ut i rummet tittar de på varandra. Den yngre berättar mig, även han älskvärt mild, dock ivrigt gestikulerande, bägge armarna viftar som väderkvarnsvingar, om de ofta förekommande bränderna i dessa torra trakter. Olyckor sker. Arbetare skadar sig. I vissa fall så illa att de avlider. Familjemedlemmar kan ibland känna sig lite otrygga, det stryker omkring mycket löst folk här. Tjyvar, luffare, våldtäktsmän ...

Nu får den vänskapliga tonen i mannens utlägg situationen att bli mycket obehaglig. Luften tunnas ut. Stämningen dras åt, som funnes det en vacuumpump, sugande ut syret. Sitter framför mig, i mitt hem, dricker mitt vin, samtidigt som de hotar mig och min familj, mina trogna arbetare, gårdens framtida skörd. Funderar över mina möjligheter att ta ett obetalt arbete, volontär ...

på deltid ...

MEETING GOD ...

han är irriterad nu ... har inte tid att jaga folk ... om de bara visste vilket pressat tidsschema han löd under ... vilket slit det var ... jäkt ...

han stöter ihop med en äldre dam på väg ut ... det var inte meningen ... ett misstag ... inte hennes tur än ... men nu är det för sent ... får ta med sig henne också ... hon har ju observerat honom ... satan också ... det blir väl en reprimand för det ... ja ... ja ... alla gör vi våra misstag ... så ock herr Död ... vänligt ber han damen ställa sig utanför medan han hämtar den flyende mannen ... hon svarar uppgivet ... ger sig ut att vänta ...

MESSAGE FROM GOD ...

De två männen lämnar mig med en uppmaning. Jag borde fundera några dagar, över helgen. De ämnar besöka mig i början på nästkommande vecka, lämna ett förslag på en månatlig summa, vilken skall betalas i använda kontanta medel. De vill ta mig i hand, men jag ser istället förmannen i ögonen, meddelar att jag givetvis skall tänka på det frikostiga erbjudandet om beskydd av mitt och de mina ...

MEETING GOD ...

herr Död tar sig ... lite försiktigare nu med tanke på misstaget alldeles nyss ... har inte plats för fler passagerare denna vända ... in mot kön där den envise mannen står ... väntar på sin tur ... närmar sig lite snett bakifrån ... knackar honom lätt på axeln ...

"hrm ... ursäkta mig" fortfarande artigt ...

mannen låtsas inte känna igen honom ... eller så har han helt enkelt glömt bort honom ... förträngt ... en del reagerar ju så ... det vet han av erfarenhet ... det börjar verkligen bli bråttom nu ...

en ambulanssiren hörs från någonstans i fjärran ...

MESSAGE FROM GOD ...

Något säger mig att jag bör göra jobbet utan någon inblandning, alltså berättar jag ingenting för Valdemar när han ringer lite senare på kvällen.

Vi diskuterar det för tillfället inställda jobbet i förtäckta ordalag. Han, med en liknelse om sin avelshingsts betäckning av gårdens sto, jag kontrar med vindruvsproblematik. Måste låta väldigt lustigt om någon mot förmodan skulle tänkas avlyssna telefonlinjen ...

Vi enas om att träffas över ett glas när jag kommer hem senare till sommaren ...

MEETING GOD ...

herr Död samlar sig ... det är ju faktiskt han som har kontrollen här ... att inte idioten till människa förstår en sådan enkel sak ...

"ja ... ni får verkligen inte det här att gå smidigt men jag måste insistera ... det är inte så mycket att välja på ... vänligen följ med nu ... det brådskar"

sirenen ökar i ljudstyrka ... det måste vara uträttat när ambulansen anländer ... annars blir tiden skev ... inte bra ... kräver mycket arbete av tidsgruppen ... ställa en tidsförskjutning tillrätta ... ett riktigt skitgöra ... de kommer att vara sura på honom i evigheter ... förbannad vare den dag han tog det här jobbet ... men någon måste ju göra det ... lönen okej ... husrum ... mat ... ganska fritt arbete ... evigt liv ... det är ju bra ... en helt okej försörjning helt enkelt ... när det inte krånglar förstås ...

"jag har inte en aning om vem du är" säger mannen som inte vill dö och fortsätter ... "det jag däremot vet ... och det säger jag grabben ... jag vet mycket ... jobbar som säljare ... träffar en hel del folk ... en del mycket skruvade ... andra ... helt lost ... men du tar priset grabben ... jag börjar bli irriterad nu ... tvinga mig inte till våldsamheter ... tränade boxning som ung vet du"

mannen imiterar nu en fiktiv slowmotionuppercut i luften ...
avslutar med att låta tungan klicka till i munnen ... med läpparna
formade som skulle han säga oooooo ... vilket framkallar ett dovt
ljud ... thoock ... det ämnar symbolisera själva hakträffen ... fanskapet
står och hotar honom ... döden ... med handgripligt stryk ... herr Död
ruskar på skallen ... han kan inte tro det han ser med sina mycket
gamla ögon ...

det här tar faktiskt priset ... han trodde sig sett ... varit med om allt
... men det är det som är charmen med själva döden ... omväxlande ...
man lär sig något nytt ...

varje dag ...

MESSAGE FROM GOD ...

De två männen anländer i en flott gammal bil, tillverkad av landets
ingenjörer strax efter kriget. Nu har tidens tand, tillsammans med
otillräckligt tillhandahållande av reservdelar, fått bilen att vika på
hjulen. Rostangripen, bucklor lite här och där, repig svart lack, främre
kofångaren hänger farligt nära marken, redo att lossna ... Dock är
de bägge männen även denna gång mycket väl klädda, grå diskreta
sidenkostymer.

Vi går en promenad neråt floden. Den äldre torkar sig oavbrutet i
ansiktet, svart näsduk idag. Efter en stunds artigt småpratande ber de
mig att svara på erbjudandet. Förklarar för dem att jag vill träffa deras
chef, för att med honom slutföra detaljerna i vårt arrangemang.

Männen drar sig undan några meter, diskuterar med ivriga gester.
Efter några minuters konfererande, meddelas det mig att de inte kan
lova något, men att de ämnar tala med sin chef snarast möjligt. De
ger sig av under internt prat. Bilen knallar kraftigt ett flertal gånger
innan den försvinner över backkrönet ... i ett rökmoln ...

MEETING GOD ...

nu måste döden ta till våld ... mycket trist men nödvändigt ... han fattar tag i mannens axel ... mycket hårt ... den envise grinar illa ... förmodligen bryts ett nyckelben ... går under fallskada och kommer inte att medföra någon som helst diskussion i efterhand ...

"nu går vi ... följ med här"

ingen vänlighet längre ... bara en iskall beslutsamhet ... för första gången blir den döende rädd ... inser att detta inte är någon vanlig galning från gatan ... eller ... inser är kanske fel ord ... han vill över huvud taget inte ha något som helst att göra med en så vansinnig sak som döden ... men misstänker i alla fall att något annorlunda är på väg att ske i hans mycket väl inrutade lättförståeliga liv ...

något som går helt utanför det överskådliga veckoschema han har noterat i den lilla almanackan i ytterrockens innerficka ...

MESSAGE FROM GOD ...

De hämtar mig två timmar efter lunch samma dag. Sitter först bekvämt tillbakalutad i baksätets skinnsoffa, men en timmes skumpande längs gropiga grusvägar med bilens för länge sedan utslitna stötdämpare gör mig en aning mör i kroppen. Närmar oss en större gård. Svartglänsande hästar jagar runt innanför vida stängsel med dammoln runt hasorna.

Strax innan vi skall svänga in under en vacker vit kalkstensportal, för att sedan följa en kilometerlång uppfart, ber jag att få stiga ur för att tömma blåsan. En suck från den äldre mannen, som framför fordonet, men han stannar ändå till vid vägkanten. Går ur bilen, är verkligen pissnödig. Behöver dessutom sträcka på mig. Efter bilfärden har varje gupp lämnat spår i njurarna.

Medan jag med ett befriat stön låter mitt vatten, spanar jag både uppåt och nedåt vägen. Inne i bilen har männen tänt var sin cigarett. Pratar lågmält.

Ruskar av kuken. Sätter mig i baksätet igen. Svär inombords när jag känner de sista dropparna urin hamna i kalsongerna. Drar mitt tjänstevapen, anticimex. Det väl ljuddämpade vapnet, tillverkat helt i komposit, inte ens kulorna är av metall, släpper endast ifrån sig ett par dova plopp genom framsätenas ryggstöd. Två skott var, rätt i hjärtat, vilket ger minsta möjliga blodspill, jag behöver bilen ett tag till ...

De skulle inte ha stannat. Ett misstag. Snabbt drar jag ut de bägge männen på marken, öppnar kofferten, baxar ned dem i det stora lastutrymmet, stänger igen bakluckan. Spanar ännu en gång längs vägen upp mot huset, inga synliga vittnen. Torkar av sätena hjälpligt med den äldre mannens näsduk, gnider lite noggrannare med en medhavd handduk, vars mönster föreställer en berömd seriehund som står och hänger mot en vägg, iklädd ett par svarta solglasögon. Gömmer de blodiga trasorna under sätet, sparkar sand över spillet i gruset. Ur min portfölj tar jag upp en bit ihopvikbar kartong, färdig kommer den att vara en cirka trettiofem centimeter hög låda med fliklock. Därefter plockar jag fram fyra gamla internationella dagstidningar, mycket symboliskt, i tabloiderna kan man läsa olika spekulationer runt mitt och Valdemars arbeten. Hemska, blodiga sagor för att sälja ytterligare några tusen lösnummer, detaljerade bilder på så kallade offer, före och efter ...

Sedan tar jag fram en liten men tung vildmarksyxa, samt en jaktkniv, plastfolie ...

Inleder fas två i arbetet ...

MEETING GOD ...

fan vad ont det gör i axeln ... något har hoppat ur led ... eller ännu värre ... gått av ... den där djävla karln är bestämd ... ser stark ut ... han ljög förut ... har givetvis inte tränat boxning i ungdomen ... inte ens fotboll ... han var värdelös på sport ... det han var ... och är bra på ... är munvädret ... han har en käft som kan prata omkull vilken kund som helst ... lägga ned vilka donnor som än dyker upp i hans väg ... och det vill inte säga få ... han träffar massvis av kåta sextörstiga hemmafruar och ensamstående mödrar i yrket ... sålt dammsugare och rengöringsmedel i hela sitt vuxna liv ...

"äh ... du ... grabben ... ta det lugnt nu ... det gjorde förbannat ont det där ... inte ska vi väl bli våldsamma va' ... det finns det ju ingen anledning till ... du ..."

men döden är inte resonlig längre ... han har helt enkelt inte tid ... ambulansen bromsar just till utanför systembolaget ... de får börja med damen som väntar utanför ... tur i oturen att hon dök upp annars hade det blivit riktigt snärjigt ... han sliter med sig mannen nu ... skriker i alla fall inte ... det hade gjort arbetet lite obekvämt ... ja ... inte omöjligt ...

bara lite besvärligare ...

MESSAGE FROM GOD ...

Upptäcker att lådan tyvärr är aningen för liten, det fattas ett par ynka centimeter. För att få ned båda huvudena måste jag skära av de utstående öronen på den äldre. Svär över missräkningen. För rättvisans skull kapar jag också av den andres öron. Effekten blir inte sämre. Gott ...

När jag är färdig med arrangemanget av gangsterskallar och nyhetsblad kontrollerar jag eventuellt läckage. Kör sedan bilen upp mot huvudbyggnaden. Parkerar. Kliver ur med min överraskning under vänster arm, portföljen i högra handen. Inga flugor, än ... folien håller tätt. Meddelar den beväpnade grindvakten att jag bokat ett möte med Don Al di Miolo de Tomaso.

Den av zenitsolen tydligt plågade mannen är inte på någon punkt lik de nyss utrotade kackerlackorna i kofferten. Han är orakad och smutsig. Keps, mörk kostym, vilken sett sina bästa dagar för decennier sedan, svettgul skjortkrage, slitna kängor som aldrig putsats. Lutar sig tungt mot en bössa, förmodligen avlossade den sin första mynningsladdade kula i slutet på förra seklet. Mannen är till åldern svårbestämd, kan vara mellan fyrtio och sextiofem. Människors kroppar blir tidigt föråldrade här på sydspetsen. En kombination av det generösa vinintaget, hårt arbete, de heta vindarna från kontinenten i söder och det därmed följande nästan ökentorra klimatet vilket gör det så förmånligt att odla den osmakliga fula druvan som gör mitt vin så bländande vackert. Trött viftar han mig vidare utan att kontrollera mig ...

Misstag nummer två ...

MEETING GOD ...

nej ... inte går det att smita ... tyvärr ... det hade varit intressant att se sina barn växa upp ... gå sina skolor ... välja yrken ... skaffa egna familjer ... bli gammal tillsammans med livskamraten ... barnbarn ... allt det där som människan antas hinna med under livstiden ... om inget oförutsett inträffar då förstås ... olyckor ... sjukdomar ...

blykulor ...

MESSAGE FROM GOD ...

Går med knastrande steg in över grusplanen framför ett vitt kalkstenscasa. I en fontän föreställande sjöjungfru med vattenkrus sittande på en klippa, porlar vatten ned i en liten damm där österländska jättekarpar simmar kring i grön undervattensvegetation över gnistrande sandbotten. Här skärps bevakningen något. Två till synes alerta vakter sitter under ett permanent solskydd framför den enorma verandan. Bägge är elegant ekiperade, men något dammiga. Tungt beväpnade. Den ene mannen kontrollerar mina fickor, byxlinningen, armhålorna under kavajen, insidorna på låren ned till vaderna, till och med skrevet. Den lilla pistolen vilar nu tryggt bak i det för ändamålet insydda rygghölstret, tillverkat av följsamt kalvskinn. Ingen visitering hittar dit. De förväntar sig givetvis inte något vapen mellan skulderbladen på en eventuell förövare. De här männen är möjligen höjda till skyarna på sin hemmaplan, men bara glada amatörer i den internationella ligan. Ljuddämparen är avskruvad, lagd i en specialsydd dold ficka i portföljen.

Förvånande nog undrar ingen av dem var Luigio och signore Lanza befinner sig, vilket gör mig en smula förbryllad. En av männen ber mig vänligt att stiga in, utan portfölj, vilken jag tvingas lämna ifrån mig till visiterarens kollega. Boxen, som jag förklarar är en speciell gåva från mitt vinhus, får dock medföras utan vidare diskussion. Jag förstår varför, när jag går genom entrén. Ett diskret pipande från en metalldetektor, den sitter i dörrposten, lik de larm som finns vid större internationella flygplatser. Tömmer mina fickor på nycklar, plånbok och fickkniv, tar av mig halskedja ring och ur, kan sedan passera utan problem.

Häftklamrar finns ju som bekant inte i de större globala nyhetstidningarna ...

MEETING GOD ...

han blir plötsligt tydligt medveten om att en klunga av varelser står runt omkring honom ... när dök de upp ... har de stått där länge ...

bakifrån ... i den värld som han nyss tillhörde ... eller fortfarande tillhör ... polissiren ... ännu längre ifrån hörs en ambulans ... är den mot förmodan ämnad för honom kommer den givetvis inte att hinna fram i tid ... det finns ingen räddning ... det är bara några få ögonblick kvar nu ... det vet antagligen inte skuggorna som står runt den ännu blödande kroppen ... blöder det finns det liv ... finns det liv finns det hopp ...

så patetiskt ... han kan inte se några ansikten men han hör fortfarande utmärkt ... en av dem snyftar ... hulkar i gråt ... varför ...

de andra viskar runt ... kanske behandlas hans chanser att överleva ... vill de inte att jag skall klara mig ... är de ute efter mig ... kunde han skulle han resa sig och köra iväg dem ... med våld om så var nödvändigt ... han kopplar bort flockens ljud ... försvinner in i sitt eget minne ... allt annat brusar bort i fjärran ... som när man skruvar till en annan radiokanal ...

min röst ska nu komma från en obestämd plats i rummet ...

så skönt att slippa dem ... vargarna ...

MESSAGE FROM GOD ...

Visas av en livréklädd betjänt in i biblioteket. Emottages där av en kort, högst en och sextio lång, kraftigt överviktig helt flintskallig Don. Hela den kala skallen är full av leverfläckar. På sydländskt vis möter han mig fryntligt med utsträckta armar, utropande mitt officiella namn i en mycket roande brytning:

"Olá, Olá, Olá, Nilsooone ... Nilsooone!"

För att han skall kunna nå upp för att kyssa mina kinder är jag tvungen att böja mig fram. Ber mig sitta ned i en av de mörkt röda plyschfåtöljerna. När jag tagit plats pekar han med sitt cigarrtjocka, välvårdade pekfinger mot presenten och frågar vad det är?

"It's a simple gift." Jag överlämnar kartongen, vilken han tror sig innehålla mitt utsökta vin. Han bugar sig djupt och teatraliskt, fortsätter svadan:

"My friend Olà, it's too muuuuche, too muuuuche!" Vinlådan placeras på ett litet bord. Därefter sätter sig herr de Tomaso i stolen mitt emot. Samtidigt inträder ett hembiträde, en vacker ung kvinna, balanserande en bricka belamrad med kanna, diverse bröd och kakor samt en liten karaff. Den lille mannen viftar ut henne, varefter han själv serverar kaffet och bjuder kakfatet. Till detta häller han upp en stark söt likör i var sitt kristallglas. Vi dricker en skål, sörplar det heta under tystnad. När vi knaprat i oss var sin mycket välsmakande torr kaka, druckit ur, frågar han mig utan omsvep om jag tar emot hans erbjudande som vän eller fiende?

Nu är han allvarlig, sitter lugnt tillbakalutad i sin bekväma fåtölj, knäppt sina små feta händer i knät. Inget svallande leende längre, inget artigt konverserande. Den leverfläckade hårlösa huvudsvålen blänker i solljuset från fönstret.

Jag ber honom älskvärt öppna lådan ...

MEETING GOD ...

glider som på skarpslipade skridskor en solig vinterdag på glasklar sjö in i en tokrolig fest ... minns den som igår ... eller rättare sagt ... känns som om han nyss lämnat den ... havsvik ... bräckt vatten ... ljum sommarkväll ... på bryggan dansande ... pratande ... drickande människor i olika åldrar ... en av de yngre kvinnorna drar i honom ... vill att han följer med och bastar ...

ser sig om efter flickvännen ... hon står i baren mot sjöboden där värden utstyrd i en för festen passande struthatt av glänsande röd papp serverar drinkar av olika slag ... rom och cola verkar dock vara mest efterfrågad men även den väl bryggda mellanölen inhaleras med god lust ... flickvännen är djupt involverad i ett samtal med en yngre man ...

vad fan ... man lever bara en gång ...

sveper sin milda whisky ... följer den oförstörda kvinnan ned till den andra bryggan där ett antal mörka gestalter redan sitter i den trånga varma bastun ...

MESSAGE FROM GOD ...

Don Al di Miolo de Tomaso hämtar den tunga kartongen under tystnad, sätter sig med den i knät, lyfter de övre flikarna, stirrar länge ned i lådan med sitt skickelsedigra innehåll ...

"Please, Mr de Tomaso, read the papers. They will tell you exactly what I am!"

Han lyfter huvudet en aning, ser mig i ögonen utan att med en min röja vad han känner i stunden. Stirrar sedan ännu en gång ned i innehållet, krånglar med visst besvär upp tidningspapper, läser det han kan mellan blodfläckarna.

En lång stund förflyter i tystnad. Det enda som hörs är de Tomasos hesa inandningar, samt ljudet av bläddrande, utskrynklande av sidor, vid något tillfälle svär han kraftigt då hans händer fläckas av männens ännu ej koagulerade blod. Nu börjar han att svettas. Stora blänkande droppar trillar utmed sidorna av huvudet, från hakorna snarast rinner de salta utsöndringarna. De flåsande andetagen tilltar i styrka, ändå visar inte karln vad han tänker. Till sist höjer han blicken. Nickar. Sedan händer något mycket märkligt ... han ler, uppenbarligen helt hjärtvänligt.

"Sooo, it's yooo! We nó 'bout yooo, everýthin'k. We read papers here tooo yó nó!" Han lägger på ett rejält flatskratt, slår de små fläskiga händerna mot låren, vilket får ett blött plaskande orytmiskt trumljud till följd ...

MEETING GOD ...

de klär snabbt av sig ... går in i halvmörkret ... ingen har kommit sig för att tända lampan ... eller så är det meningen att de skall sitta i dunklet ... det lilla glasfönstret ger inte mycket ljus i den nedgående solens sista strålar ... de finner plats bredvid varandra på den mellersta laven ... han med högra axeln vilande mot den heta träväggen ... det är mycket varmt och redan efter några minuter lämnar de bastun ... springer ut på bryggan och dyker ned i det svala vattnet ...

en vända till in i värmen nu när de är avkylda ... det pratas och skämtas ... trångt ... de sätter sig på samma plats som förut ...

då känner han hennes hand mot insidan av låret ... den rör sig trevande mot sitt mål ... kuken svarar direkt ... det är ingen kall skrynklig snopp längre ... det är en pulserande åderpåk ...

MESSAGE FROM GOD ...

Don Tomaso insisterar, jag måste stanna på middag. Medan vi inväntar maten, som ännu dröjer någon timme eller två, visar han mig sin själs verkliga lusta, hästarna. Själv vet jag inte så mycket om djuren, mest sett dem som fordon i barndomens cowboyfilmer, aldrig suttit på en hästrygg. Eftermiddagen blir mycket lärorik i hästavelns hemligheter.

Jag behandlas nu likt en verklig celebritet. Han verkar hysa stor respekt för min person, yrkesmän emellan. Don Tomaso berättar, i förtrolighet, att han gärna skulle se mig i sitt stall, då han förstår mig kunnigare på området än sina bästa män. När jag förklarar det omöjligt, vi jobbar inte på samma sätt, respekterar han svaret och nämner inte saken igen. Dock behöver jag inte hans beskydd och befrias därför från månadsavgiften.

Efter en sjurätters middag, serverad med ett vin från en konkurrerande vingård, något strävt i min smak, skjutsas jag hem i Miolos privata limousin. I den fungerar stötdämparna och jag anländer hemmet utan njurbesvär ...

På kvällen delger jag Saga händelseutvecklingen, med undantag för några få detaljer. Hon ser lite märkligt på mig, som visste hon att jag undanhållit delar av berättelsen. Ändå avkräver hon mig inte hela sanningen. Det är ibland mycket svårt ...

att ljuga för sin kvinna ...

MEETING GOD ...

han förvånas över hur lätt det är att bara ta emot utan att drabbas av dåligt samvete ... detta är inget som han har provat på förut ... otrohet ... det är som om Gud i den ljumma sommarkvällen ger honom välsignelse ... det känns inte på något vis befläckat ...

de springer ut på bryggan ... han vrider huvudet mot den pågående festen lite längre bort ... ingen ... inklusive partnern ... lägger märke till dem ...

de knullar i vattnet ... hon håller sig i bryggstegen och låter sig flyta fritt på rygg ... han känner hennes hälar mot sin stjärt ... de ser varandra i ögonen hela tiden ... inga kyssar ... det här är inte älskog ... det är parning ...

hon får orgasm ... när hon kommer trycker hon ned huvudet under vattnet och bubbelskriker sin extas enkom för hans öron ... det plaskar när hon vrider och rycker kroppen i spasmer ... ett tag är han rädd att hon drunknar ... då dyker huvudet upp ur vattnet och hon drar frustande i sig syret ... han avbryter sig dock innan befruktning sker ... det är en lek ... en mycket spännande och rolig sådan ... men riskabel ... de tar sig upp för stegen ... springer med vatten skvättandes om sig in i bastun igen ...

MESSAGE FROM GOD ...

Planerar för hemresan. Tänker leva hemma över sommaren. Salieri tar under tiden kommandot över vinet. I hans händer kan jag tryggt överlåta gårdens vedermödor. En soldisig morgon strax före vår avresa får vi besök av Don Tomaso. Han ber att få köpa några lådor vin, vilket han självklart tillåts. Han sköter sitt och jag mitt. Skiljer inte på kunder. Gengäldar middagen genom att bjuda honom en av mina favoriträtter till lunch. Stekt isterband, stekt ägg med lös gula, rödbetor och stuvad potatis serverat med öl hemifrån. Ett par väl hemkryddade snapsar intages också med brinnande intresse.

Miolo äter med stor aptit, backar flera gånger. Speciellt isterbanden faller honom i smaken och han undrar om det finns någon möjlighet att importera delikatessen. Ger honom några förslag på tillverkare. Frågar mig även om den "underbara spriten", till vilken jag överräcker ett handskrivet recept.

Han lämnar oss med kyssar och omfamningar ...

MEETING GOD ...

nu droppar den ena efter den andre ut ur det fuktigt varma vedeldade utrymmet ... till sist är de ensamma ... hon återgäldar honom med munnen ... han sluter ögonen ... lutar sig tillbaka ... tar emot njutningen ... spänner till sist kroppen i en båge ... låter det komma ... hon dricker honom ... så djävla ... befriande ...

röster ute på farstutrappen ... någon nämner hans namn ... det är flickvännen ... han får bråttom nu ... möter henne i det lilla förmaket där kläderna ligger ... hon har ett vinglas i handen ... ser glatt på honom ... han tar på sig skjortan och byxorna ... kysser henne ... sliter med sig skor och kavaj och följer efter mot festen ...

en whisky till skulle inte sitta helt fel ...

MESSAGE FROM GOD ...

De följande sommarmånaderna tillbringar vi i huset i hemlandet. Saga öppnar sin praktik, upptar det saknade arbetet med sina fobiker. Nu på halvtid. Letat lämplig lokal, funnit den, har kontakt med sin professor ett par gånger i veckan, de utbyter data under projektets fortgång. Lite rundare om magen nu. Allt väl med fostret. Hon meddelar den glada nyheten efter ett besök hos gynekologen en eftermiddag. Jag och Lisa ligger och jäser i hängmattan efter att ha lassat i oss vaniljglass i bersån, lekt i den nyanlagda sandlådan under dagen, ätit lunch hemma hos Gustav, rotmos med fläskkorv. Vi åt som hungriga hästar. Dottern har sin fars matglada läggning. Älskar husmanskost likväl som lite mer udda, kryddstarkare exotiska rätter, vilka invandringen från jordens alla hörn serverat oss på silverfat ...

MEETING GOD ...

träffar aldrig den unga kvinnan igen ... flera år senare läser han en av gårdagens rikstabloider ... på första sidan ser han sin bastuflirt ... ett mycket vackert porträtt ... förmodligen taget för flera år sedan ... från runt tiden de träffades kanske ... måhända ett klassfoto från gymnasiet ...

hon har hittats styckad ... i en resväska ... han lägger tyst ned tidningen på köksbordet ... sänker huvudet ... gråten kommer utan att han kan styra det ... ensam vid frukostbordet ... frun har inte vaknat än ... han hör tassande steg ... lillen kommer yrvaket rultande ... det finns inte sovmorgnar för enmeterstypen ... inte ens på helgen ... den vaknar när den vaknar ... vilken dag det vara månde ...

torkar snabbt tårarna med översidan av handen ... reser sig ... kysser sonen på den linblonda skallen ... slänger tidningen i pappersåtervinningspåsen ... häller upp en tredje mugg kaffe ... medan minstingen försvinner in till teven tar han fram brödrosten och börjar göra frukost åt familjen ... han hör de tecknade filmernas figurer jaga varandra ... barnet frågar efter sin rostade smörgås med avskurna kanter och ett tjockt lager messmör ...

han torkar ytterligare en tår som tränger ögonvrån ... snyter sig sedan grundligt med en bit recyclat hushållspapper från hållaren ovanför diskbänken ...

MESSAGE FROM GOD ...

Sagas arbete med de av sin fobi mycket tyngda människorna, fyller hennes vardag. Via telefonen får vi rapporter från gården. Allt väl. Jag ägnar mig åt hemmet. Vera Löw, femtionio år och effektiv som ett jehu, ombesörjer all städning i huset två gånger i veckan. Ger henne betald semester. Beslutar mig för att sköta markservicen själv. Efter att ha förstört en tvätt, blandade olika kulörer, tar Saga över den detaljen. Jag städar istället, lagar maten, ser efter Lisa om dagarna, sköter gräsklippningen. Allt som kräver extra handlag, hjälper Gustav till med. En vattenläcka i huset kräver viss ombyggnation. Han leder arbetet och jag lär mig bryta fuktskadat virke, lägga nytt golv. Tillbringar en bekymmersfri sommar i det vackra huset. Ibland far vi och hälsar på mor- och farföräldrar. Då och då gör vi utflykter runt om i vårt vackra land. En helg tar vi picknickkorgen med, besöker en stor bilutställning i grannstaden. Massvis av raggarskepp, tonvis av plåt och krom. Vi är båda förtjusta i den sortens gamla bilar. Pratar lite löst om att i en framtid skaffa en dylik av något märke ...

MEETING GOD ...

vilket elände ... jag kan inte längre tygla tarmen ... känner avföringen rinna ned över pungen ... läcker urin också ... fy fan vilket snöpligt slut ... ligger och dör i blod skit och piss ... jag som alltid varit så renlig ... mån om att se bra ut inifrån och ut ... rakar mig varje morgon ... luktar gott ... huvudsaken man är hel och ren ... den gamla devisen anammade jag redan som liten ... rena kalsonger håller kulorna fräscha och på plats ...

    men skyddar tyvärr inte mot skarpa skott ...

MESSAGE FROM GOD ...

Saga berättar en kväll om en av sina patienter, en man i slutet på femtioårsåldern. Tystnadsplikten gör att hon inte kan nämna honom vid namn, men hon kallar honom för kvinnotjusaren.

Vi sitter på verandan ned mot sjön, smuttar på var sitt glas hemkokt vinbärssaft. Saga dricker mycket lite alkohol i slutskedet av graviditeten. Jag sympatinyktrar i kväll.

Mannen har i hela sitt liv bott hos sin mor. Med ett undantag. I ungdomen arbetade han i Hufvudstaden en kort period, bodde då för första gången själv, i en egen bostad. En lördagskväll efter arbetet i hamnen, lönen på fickan, beslutar den då tjugoettårige mannen att gå på lokal. Tvättar sig omsorgsfullt i hyreshusets källarbadrum, klär sig fin i den enda festklädsel han äger, konfirmationskostymen.

Något händer den kvällen. Något som för alltid skulle skilja honom från normala män ...

MEETING GOD ...

plötslig musik igen ... diaboliskt mäktig ... klassisk musik ... requiem ...

så passande ... försöker skratta ... det går inte så bra ... för det första gör det ont ... det blodbubblande salivväsandet som passerar mina läppar kan nog inte ens i det bästa av förhållanden tolkas som skratt ... men det är just vad det är ...

jo ... det är roligt ... det är ju för fan hur roligt som helst ... som i en sämre västerländsk film enligt den dramaturgiska regelboken ... en man skadas dödligt ... släng på ett dramatiskt musikavsnitt ... en man på sin dödsbädd ... erkänner alla sina synder för den kvinnliga huvudrollsinnehavaren ... lägg på stråkar ... milda och tårdrypande ... ett av mina många nöjen genom livet har varit kalkonfilm ... men inte vilken som helst ... när en berättelse är så dåligt gestaltad ... genomförd ... filmad ... att det vänder ... det dåliga är med andra ord så dåligt att det plötsligt blir bra ... det är då den dolda ej avsiktliga genialiteten helt plötsligt poppar upp till ytan likt ett nappande korkflöte ... där irritationen infinner sig hos medeltittaren ... som förmodligen stänger av här ... förvandlas kalkonälskarens filmkväll till en formidabel humoristisk njutning ...

riktigt usla verk spelas in på video ... numreras och sparas i filmhyllan ... ses om med jämna mellanrum i glada kalkonälskares lag ...

MESSAGE FROM GOD ...

Han har läst en del romaner, noga instuderat hur en man bör bete sig på lokal. Efter att ha avnjutit en trevlig men snålt tilltagen middagsrätt på stadshotellet, inmundigat vin, det var inte så gott men han drack upp hela glaset, efterföljande avec, kaffe och cognac, det var däremot väldigt gott, beslutar han sig för, mot sin ursprungliga planering av kvällen, att stanna för den efterföljande dansen.

Kvinnor är ett hemligt kapitel för honom. Aldrig varit i närheten av ett förhållande med någon av dessa vackra, diffusa varelser. Nu är han för första gången i sitt liv ensam hemifrån, det skall firas. Varm av mat och alkohol avvaktar han förväntansfullt den stora massans antågande. Det är ännu tidigt på kvällen och de enda besökarna är matgäster.

Vid grannbordet sitter ett moget fruntimmer. Den unge mannen beskådar henne noga i hemlighet ...

Spännande. Vacker. Ljuvlig. Han vinkar till sig servitrisen, beställer ytterligare en sexa sprit ...

MEETING GOD ...

det flimrar i hjärnan ... som myrornas krig på teve ... plötsligt fångas
en kanal upp ... ytterligare ett drömspel ... eller ... ett rum ... nej ...
fler rum ... i en våning ... ett av rummen innehåller tre ... nej ... fyra
fågelburar ... i två av dessa huserar små papegojor ... en hona och en
hane i var sin bur ... de små fåglarna rymmer ... tar sig ut ur burarna
... när han skall stoppa in dem igen surrar små irriterande flugor runt
honom ... distraherar honom ... han tappar greppet om en av fåglarna
vilken just skall återbördas till buren ... den lilla flugan surrar framför
ansiktet ... blixtsnabbt fångar han den ... fastnar mellan handflatan
och fingrarna ... en liten droppe blod ... likt den mängd blod som
frampressas när en mätt mygga slås ihjäl mellan handflatan och en
bilruta ... då ser han att det är en papegojunge ... liten som en spyfluga
men fullt utvecklad ... flygkunnig ...

det hugger till i hjärtat ... har han dödat den ... nej ... den rör på
vingen ... pickar lite lätt mot handflatan ... när han försiktigt stoppar
in den i honans bur upptäcker han okläckta ägg i redet ... fler ungar
på väg ... ett okänt antal fågelungar surrar likt insekter i rummet ...

MESSAGE FROM GOD ...

Kvällen lider. Stärkt av sprit tar han mod till sig och bjuder upp
amazonen. De samtalar lite och han får reda på att hon är nästan
dubbelt så gammal som han själv, arbetar på tvätteri, och gärna vill att
han följer henne hem efter dansen. Mer än så får inte Saga ur honom
...

Efter händelsen flyttar han hem till sin mor och bor där fram till
hennes död. Då är mannen femtiosju år och bestämmer sig för att
söka professionell hjälp. Hans problem är kvinnfolk, kan inte träffa
dem. Går omvägar när han möter en flicka på gatan. Det hela går så
långt att han avstår att åka in till tätorten för att handla av rädsla
att stöta på ett kjoltyg. Arbetet har han klarat i alla år, röjer skog åt

telefonverket, rensar ledningar från fallna träd. Den världen är manlig vilket ger honom minsta möjliga risk att drabbas av sin förlamande skräck för det motsatta könet.

Hjälpen blir just en kvinna. Saga ...

MEETING GOD ...

plötsligt scenbyte i drömmen ... fullkomligt ologiskt i vaket tillstånd men fullt verksamt i mitt ... tre välklädda män väljer varsin bok från ett runt högt kafébord ... boken skall läsas före männens olika diffusa uppdrag ... den förste väljer en samling rysarnoveller ... ser rakt in i mina ögon ... tilltalar mig med en djup basröst som inte alls passar hans något taniga och korta kroppsväxt ...

"den här blir perfekt"

han försvinner ur mitt synfält och nästa man väljer bok ...

nu är vi i underjorden ... djupt ned i berget ... en hastig inklippsbild visar det stora vackra bergsmassivet från utsidan ... den lille mannen ... kort mörkt välkammat hår ... grå trenchcoat ... mycket lik televisionsfilmernas säkerhetsagenter ... nu utan bok i handen ... den är antagligen nedstoppad i någon av fickorna på rocken ... han bär istället en kortpipig revolver ... öppnar en sedan länge förseglad lucka i berget ... liten tung ståldörr ... öppningen är just så stor att han kan kravla sig in ...

inne i den lilla bunkern mitt i berget är det svagt upplyst ... som av dolda lågwattslampor ... golvet syns inte eftersom det är vatten upp till knähöjd ... mot ena väggen sitter en naken kalhuvad varelse på vad som verkar vara en liten sandbank ... huvudet lutat mot de uppdragna knäna ... hela hans seniga kropp är fylld av tatuerade mystiska symboler ... det är till synes en människa ... fånge ... men när han lyfter huvudet och ler mot besökaren blottas spetsiga rovdjurständer ... bägge tandraderna blänker i det svaga ljuset ...

agenten skjuter mot varelsen ... helt enligt sitt uppdrag ... inget
händer ... mer än att det börjar tjuta ilsket i hans öron ... den tatuerade
mannen sitter kvar på sin plats med ett brett flin ... klapprar retfullt
med huggtänderna ... agenten avfyrar nu resten av de sex skotten men
inget av dem berör odjuret ... skräckslagen vädjar den lille mannen ...
"vem är du"
"ingen" svarar den fortfarande lika brett flinande varelsen ...
tar blixtsnabbt ett språng ... hamnar med en ljudlig vattenkaskad
framför agenten ... sliter till sig vapnet ... som tog han det från ett
barn ... slänger det ...
"ingen som du skulle vilja möta ... öga mot öga"

MESSAGE FROM GOD ...

Den första träffen med psykologen går inte bra. Han vägrar. Saga är
envis, veckor går och halvtimmeslånga möten med mannen avlöser
varandra. Eftersom sjukdomen är en så kallad social fobi, alltså
av sådan art att patienten hindras att klara sitt dagliga sociala liv i
samhället, får han sjukbidrag och möten med psykolog ingår i hans
vård. I annat fall hade inte mannens ekonomi klarat dessa öppnande
samtal och förmodligen gått under. Sent omsider börjar han dock att
tala, berättar orsaken bakom sin något udda fobi ...

Saga är visserligen av honkön, men specialist, och till råga på allt
doktor, vilket i patientens ögon kunde vara likställt med en astronaut,
berömd idrottsman eller Kungen.

Jo då, han följde med hem till damen den där gången i sin
mandoms linda. Och han tillät sig förföras av henne. Det var en
mycket skrämmande upplevelse. Eftersom han givetvis var något
nervös, hade inte organet fungerat enligt gängse regler, vilka han
noga studerat i diverse pinuptidningar. Den ystert amorösa gudinnan
hade dock inte givit upp, utan satt igång en intensiv ståndaktig kamp
för att få upp kärlekspålen till det verksamma parningsverktyg den

var ämnad att vara. Hon använde händer och mun. Hon dansade naken för honom. Onanerade sig själv framför hans ansikte, med diverse olika tillhyggen, i både det ena och det andra hålet. Hon satte sig på hans ansikte, vilket i sig var en mycket skräckfylld upplevelse, då hon inte bara luktade illa, det gick ju inte att andas med det stora håriga könet täckande både näsa och mun. När han till sist hade lyckats kämpa sig fri och försökt rymma fältet, fångade hon honom, band honom i sänggavlarna och fortsatte sin lönlösa kamp. Efter några timmar hotade hon honom med stryk. Då han började gråta sansade hon sig, tryckte in ett av de jättelika brösten i ansiktet på honom och frågade om han inte ville suga på det. Artigt tackade han nej och undrade om han inte fick gå hem nu? Då blev hon rasande, sprang ut i köket och kom några sekunder senare inrusande med en stor förskärare, skrek i gäll tonart att "det där lilla jävla pittaset var minsann till ingen nytta och kunde lika gärna kastas åt kråkorna ..."

Som tur var reagerade grannarna, räddade mannens könsdelar, förmodligen sparades han även till livet av de dörrbultande hyresgästerna, vilka stoppade denna hungriga demimond. Hamnade senare inom sluten vård. Något rättsligt efterspel var inte aktuellt, då tvätterskan efter en rättspsykiatrisk undersökning, utförd av ett flertal oberoende experter, ansågs bindgalen och allmänfarlig i högsta bemärkelse. Till den unge mannen utdömdes ett skadestånd, en ytterst blygsam summa, vilken han aldrig såg ett nickel av, då brottsofferfond inte ens fanns i ordlistan, än mindre sorterad under någon annan utbetalande instans.

Saga har ett tufft arbete framför sig. Att få mannen att lita till en kvinna efter alla år i skräck, försöka få honom förstå att madamen han mötte den gången inte kan gälla som signifikativ för människosläktets honkön.

Mannen vägrar envist att tro henne, men kan ändå inte låta bli att tvivla lite ...

Hon är ju ändå doktor ...

MEETING GOD ...

av agenten syns inte ett spår ... in genom luckan kravlar ett litet barn ... en flicka i fyraårsåldern ... klädd i blårandigt flanellnattlinne ... hon ropar efter någon ... varelsen tar upp henne ... för henne till sandbanken ... sätter sig i skräddarställning med flickan i knät ... smeker de långa ljusa lockarna med sina klor ... kysser hennes panna ... talar mjukt till henne ... vyssjar henne ... kanske sjunger han ... hör inte orden ...

MESSAGE FROM GOD ...

Arbetarpartiet vinner höstens val. Men inte så solklart som man förutspått, högervindar har börjat blåsa i det lilla landet. Med vänsterflankens hjälp får arbetarpartiet med ytterst liten marginal styra landet, endast sex mandats majoritet mot högerkoalitionen. En svår politisk tid står för dörren. Det lilla kristna partiet har för första gången fått ett mandat i riksdagen. Till förstone sällar de sig åt höger. Det gäller för socialisterna att försöka locka över rösten, vilken innehas av partiledaren själv, i de för de röda så viktiga sociala frågorna. Det lär inte bli någon lätt uppgift, då vissa vitala grunduppfattningar går helt isär ...

I denna osäkra tid uppskjuts vårt arbete ytterligare. Det anses alltför känsligt att avlusa i leden. Min semester förlängs på obestämd framtid. Nås av budet då Valdemar ringer mig. Han låter mycket besviken, sett fram emot utmaningen länge. Jag känner i viss mån likadant, men har andra sysslor att stå i, familj, hus, vin, trädgård. Valdemar är ensam. Meddelar mig att han ämnar flyga ned till casinofurstendömet för att träffa Maria. Spela och älska. Tid för avkoppling. Han har anställt en gårdskarl, som kommer att sköta hästarna samt se till huset och ägorna.

Vi stannar hemma över hösten. Saga föredrar att föda i vår välordnade barnavård. Jag har inget att säga därom, reser ned till vinet några dagar. Gårdens affärer löper utmärkt och jag har fullt förtroende för Salieri och Rosa Vanilla Montadello.

Far strax hem mot lövkrattning och blodpudding igen ...

MEETING GOD ...

tusen års erfarenhet ... sorg ... död ... kastruller ... var fick jag kastruller ifrån ... minns gröten som brände fast ... plåtkastrull ... billig ...

nu är jag förvirrad ... får inte glida in i det magnetiskt tilldragande mörkret ... då är allt över ... måste leva ett tag till ... det var något viktigt jag skulle minnas ... ett andetag till ... kom igen ... bara ett till ... det finns i periferin nu ... snart minns jag ... en detalj ...

hennes händer ... just det ... det var hennes små ... välvårdade händer ... hon bar en silverring på långfingret ... i form av en orm med ögon av blå safirer ... jag tar kvinnans hand i min ... synar den närgånget ... hon ser förvånad ... lite generad ut ...

"dina händer är mycket vackra" jag smeker henne lätt över handryggens lena skinn ... ser in i hennes mycket blå ögon ... hon rodnar nu ...

"tack" fnissar till ... blir till synes mycket glad ... ingen har sagt det på det här sättet förut ... hon är mycket söt ... det säger jag inte ... hon förstår att jag tycker så ...

hon vet instinktivt ... liksom jag ... vad vi skall göra härnäst ... reser oss och lämnar restaurangens bar ... jag vet inte var hon bor ... jag vet inte ens hennes namn ... det spelar ingen roll ...

vi går ...

MESSAGE FROM GOD ...

Kräftskiva i familjens sköte. Jag och Gustav har fiskat på eget vatten hela natten. Förmiddagen sov jag bort. Vi slukar tre kilo av de mörkröda bottendjuren, tillsammans med bröd och stark ost. Saga envisas med att bara äta stjärtarna, vilka hon sparar på hög, tills hon har tillräckligt för att fylla en smörgås. Resterna lämnas åt mig att suga på. Lisa visar bara en äcklad grimas över krypen och väljer istället rostat bröd och varmkorv, vilka hon överöser med ketchup, och glufsar i sig tills hon är sprickfärdig. Till de små mörkröda delikatesserna dricker vi en för ändamålet kryddad snaps samt ett svart vällagrat mjöd.

Färgerna är fantastiska. Långa höstpromenader med Lisa i skogen. Saga vill arbeta in i det sista, förlossningen är planerad till någon gång runt jul. Jag bet mig i tungan den där dagen i våras, hörde barnmorskan uttala juldagens datum som den stora dagen. Vi hade just fått se den lilla krabaten på ultraljudsundersökningens teveskärm, liten privat klinik några mil från vingården. Det skulle förvisso vara en fantastiskt julklapp, men minns tydligt besvikelsen i en av mina barndomskamraters ögon när han talade om sin födelsedag vilken infann sig på julafton, alla de andra barnen firade sina dagar som fristående högtider medan hans stora dag dränktes i glögg och tomtar. Lovar mig själv att om så krävs, skall en alternativ födelsedag inrättas någon annan tid av året, förslagsvis under våren.

Lisa ägnar sig åt att skörda kastanjer och hasselnötter, kassvis, som sedan placeras ut på husets alla tillgängliga serveringsbrickor, torkas, förvaras i gamla glasslådor av plast, att lekas med eller bara tas fram då och då och tittas på, inventeras. En genuin samlare. Även gamla träpinnar plockas med stor lust hem, kottar, skrot av allehanda slag, ölkapsyler, skruvar. Små barn gillar att samla skatter. Själv ägnar jag mycken tid åt höstens ätbara guld. Förutom att skörda trädgårdens frukter, strövar jag i skogarna på helgerna då Saga är ledig, samlar på mig svamp och vilda bär vilka torkas, förvälls eller kokas saft och sylt av.

Lingonen, självplockade, på plättar eller till havregrynsgröten på morgonen. Hallonsaft. Vinbärsgelé till söndagssteken. Kantarellstuvning på varma kvällsmackor. Eller den smörstekta blandsvampen, med lite grädde, serverat till färsk pasta. Sådant går inte att få för pengar. Visserligen går det utmärkt att inhandla i saluhallen, men att vandra miltals i skog och eländig terräng, i timmar sitta vid köksbordet och putsa och rensa, ömsint anrätta, när läckerheterna sent omsider hamnar på tungan efter all denna ansträngning, finns det inte mycket att jämföra med i delikatessaffären.

Så är det ...

MEETING GOD ...

de gånger jag följt intuitionen ... litat till den ... har saker och ting blivit ungefär så som de borde ... andra gånger ... för mycket tankar ... tappar något viktigt på vägen ... går fel ... kommer förr eller senare ändå via sidospår in på den ursprungliga känslans väg ... det finns en fördel med den något snåriga varianten ... du lär dig en hel del på vägen som senare kan användas för att hindra framtida tveksamma livssteg ... nackdelarna är näsblod och svettningar ... frustration ... långa perioder av stagnation ... migrän ... dålig sömn ...

gitarr spelar man med kuken ... inte med fingrarna och hjärnan ...

det är inte bara hennes händer och ansikte som är vackra ... under de bylsiga ... naturfärgade klädesplaggen ... finner jag en dröm ... jag vet fortfarande inte vad hon heter ... det får vi ta senare ... först skall vi lära känna varandra men inte genom muntligt samtal ... dock är delar av just de orala organen vitala under vår första bekantskapsstund ...

och ... jo då ... hon smakar väldigt gott ... över hela kroppen ...

MESSAGE FROM GOD ...

Tidigt på julaftons morgon anländer vi kvinnokliniken. Vattnet går i entrén, det har satt igång. Tätt mellan värkarna. När Saga skall, som hon tror, kissa, kommer vår son. Jag hör ett ynkligt: "Bebben kommer!" från insidan av toalettdörren, kastar mig in, sliter upp henne från sitsen, får på något mirakulöst vis upp henne på en brits i mottagningsrummet, förlossningssalen ser vi aldrig. Trycker på alarmklockan och genast är där en massa sköterskor. Likt en kanonkula far han ut. En av systrarna får bokstavligen fånga barnet i luften. Tackar högre makter för kvinnans bollsinne. Själv står jag handfallen, glömmer i stundens chock att ta fram kameran som ligger i Sagas handväska. Tolv minuter räknat från vår ankomst, föds Nils Vilgot. Ingen av oss fattar att det är sant, förrän vi efter några få minuter lämnas ensamma. Tar äntligen ett foto. Vilgot snusar vid sin mors bröst ...

MEETING GOD ...

det finns ett mycket speciellt djur ... den lever på en liten isolerad ö långt från civilisationen ... eftersom ön ligger bortom de ordinära farlederna upptäcktes den inte förrän i modern tid ... helt enkelt för att ingen hade vägarna där förbi ... de arter som lever och växer där är endemiska ... de har präglats helt av varandra utan vare sig inblandning utifrån eller av andra ändrade livsbetingelser ... tiden på ön har stått stilla i miljoner och åter miljoner år ...

man skulle ... enligt vårt sätt att se på saken ... kunna kalla djuret för spindel men det vore inte helt passande då denna lilla varelse både kan flyga ... dock med ytterst små vingar och inte längre än några få meter då energiåtgången för att lyfta den förhållandevis klumpiga kroppen är för stor ... samt kommunicera ... inte i bemärkelsen mänskligt tal men med ett mycket varierande ljudstarkt glissandognisslande i ett brett tonalt omfång framkallat från vad man inom biologin skulle benämna som talorgan ... honan lägger efter parning tre ägg ... paret turas om att se efter sin avkomma ... stannar vid den dygnet runt ... den av dem som inte vaktar serverar föda enligt ett punktligt schema ... efter födseln ... det tar ganska exakt trettio dagar från äggläggning till kläckning ... diar honan de tre ungarna från sina tre spenar ... likt däggdjuren ... ungarna är fullt utvecklade miniatyrer av sina föräldrar ... när hon inte ger dem mat vakar även hanen över ungarna för att honan skall kunna ägna sig åt rekreation på eget håll ... dieten består av flugor och andra insekter som fångas i ett väldigt nät ... tre meter i diameter ... placerat strax intill boet ... även regelrätt jakt kompletterar nätfångsten med mindre fåglar och gnagare ... under de perioder då ingen avkomma upptar paret ... jagar de tillsammans enligt en mycket effektiv samtränad metod ... hanen ... alltid hanen ... driver bytet mot den mer svårupptäckta honan som är beväpnad med ett mycket kraftigare gift än partnern ... bytet paralyseras inom några få sekunder ... spinns sedan in i nät ... hängs vid boplatsen och äts vid proteinbehov ...

honan och hanen skiljs inte åt genom storleken som hos spindlarna utan på färgen likt fåglarna ... hanen är starkt lysande grön och röd med två långa klarvita antenner medan honan är gråbrun med svarta känselspröt ... kroppen är mycket lik fågelspindelns med sin stora runda bakdel ... smäckra mellankropp ... de karakteristiska ögonen och de tjocka kraftigt behårade benen ...

de lever hela sitt liv i parförhållandet och när den ena av dem dör ... avlider även den andre strax därpå ... oftast några få timmar efter sin maka ... däremot har de en för parlevande djur speciell liten egenhet ... de är båda notoriskt otrogna ...

de får underligt nog aldrig ungar med någon annan än sin partner ... men kopulerar i stort sett dagligen med andra ... forskarna har ingen som helst teori varför detta beteende har utvecklats ... däremot har man noterat att djuren ger mycket mer ljud ifrån sig när de hoppar över skacklarna än när de parar sig med sin livspartner ... till vardags

kommunicerar paret mycket med varandra och med ungarna ... men
när sexuell samvaro mellan makarna pågår ... är det tystnad som
råder ... det är endast de långa benens krafsande i den lösa sanden
vilken kröner den lövmadrasserade äktenskapliga bädden ... som kan
avlyssnas av det mänskliga örat ...

skulle en enträgen leddjursexpert söka i djurets minsta
beståndsdelar ... skulle han eller hon med lite tur upptäcka ett
idag okänt protein ... effektivt i kampen mot en mycket dödlig
virussjukdom ...

och sannolikt skaffa sig ett framtida nobelpris i medicin ...

MESSAGE FROM GOD ...

Vilgots första levnadsår inleds i hemlandet. Ägnar oss helt åt oss
själva och barnen under denna tid.

Eftersom vi inte vill flyga med vår lite öronkänsliga, nya
familjemedlem, köper vi ett stort bekvämt muskelfordon, gör en
fin bilresa nedåt vinet, då årets första långa vintermånad börjar gå
oss på nerverna. Den mullrande åttacylindriga motorn vaggar ofta
barnen till sömns och resan vållar inga som helst problem, då vi
rastar ofta. Har härliga picknickar i naturen. Tar mot kvällarna in
på små gemytliga värdshus långt från allfarvägarna. Resan drar ut på
tiden, men vi bryr oss inte, tar det som en välbehövlig avstickare från
vardagen ...

Salieri och Rosa tar, en förvånansvärt sval eftermiddag, emot
oss bland rankorna under livliga utrop, kan knappt släppa den lilla
människan ifrån sig när de väl fått honom i famnen. När vi packat ur
bilen och kommit på plats, äter vi alla en god middag i det stora varma
köket. Saga tar en paus för amning och nattning av minstingen. Lisa
sitter med oss långt in på kvällen, ända tills hon själv ber om att få gå
och lägga sig. Då nattar jag henne med favoritsagan. Den lilla flickan,
som på illustrationerna mycket påminner om henne själv - varför jag

givetvis kallar henne Lisa - äter middag med kaninen. Min dotter somnar redan någon minut efter att jag släckt sänglampan.

Vi andra sitter tillsammans långt in på natten, småtuggar Rosas marinerade oliver, dricker den ena efter den andra flaskan av vårt röda, fabulerar, skrattar och umgås. Det är mycket skönt att slippa kylan och snön i norr.

När vi slutligen kryper ned i sängen, så tyst vi kan för att inte väcka den lille som snusar i sin egen säng tätt intill den ena sovrumsväggen, älskar vi tyst, somnar nakna i varandra när gryningens första solstråle tränger springan i de fördragna gardinerna ...

Inleder första dagen med ett fruktansvärt bakrus, men vi får en underbar månad tillsammans i vinet och olivernas land. Många är de kvällar jag tillbringar bland grytorna i det stenlagda köket tillsammans med Rosa och hennes mathemligheter. En egenhet hon bestämt håller fast vid är, att vissa speciella steg i rätternas tillagning alltid skall ske på den väl bevarade vedspisen, trots alla de moderniteter som finns tillgängliga i den stora, varma avdelningen. En av de största och vackraste pjäserna är ett grovt yxat bänkomgärdat matbord med plats för ett tjog utarbetade vrålhungriga gourméer. Den stora öppet murade bakugnen är inte heller den i någon dockskåpsvariant. På dessa lantgårdar är det vanligt att vänner och arbetskamrater ofta samlas hos varandra för gemensamma måltider efter dagens uträttade slit. Enligt seden skall då ingen vara utan plats, varför köksregionen ofta är den rymligaste och mest välplanerade i huset. Dofterna, det speciella ljuset, vitkalkade väggar belamrade med blänkande redskap och upphängda delikatesser av varjehanda slag, allas våra sinnen behagas.

Hon inviger mig i matlagningens själ. Alla råvaror skall vara helt färska, det är hon oerhört noga med. Under de dagliga inköpen står hon länge och väljer bland ståndens grödor. Vi har visserligen mycket i de egna trädgårdsodlingarna, men en del av den dagliga födan anskaffas punktligt varje morgon på torget i den närliggande byn.

Hon vrider och vänder på olika sorters rotfrukter och grönsaker, provsmakar rökt kött och kryddig salami i charkuteributiken mitt i byn, där slaktaren själv, tillsammans med sin dotter, driver den trånga, väldoftande och mycket hemtrevliga lilla affären.

Rosa luktar länge, synar ordentligt, sniffar ånyo, provsmakar både en och två gånger innan hon bestämmer sig. För att inte tala om när hon skall välja ut en ost ...

Under årens lopp har slaktare Vienzo lärt sig Rosas noggrannhet. Sorterar därför, redan innan hennes ankomst, bort de mindre lämpliga matbitarna, för att undvika pinsamheter. Kvinnan har ett hjärtligt men mycket häftigt humör och skräder inte orden när hon anser varorna odugliga. De bortplockade bitarna serveras i stället familjens vinthundar, en mycket allvarsam hobby, vilken upptar hela Vienzos släkt. Nästan varje helg deltar någon av de femton hundarna i sprinterloppen, vilka samlar en mängd spelare från hela landet. Vienzos jyckar är vida berömda för att nästan aldrig, med några få undantag under årens lopp, ta hem några segrar. En av orsakerna är förmodligen den rika, mycket smakliga kosten som dagligen serveras dem tack vare Rosas noggrannhet vad gäller livsmedel ...

MEETING GOD ...

minns en sång ... melodin passerar i mitt huvud ... den här gången sjungs den av den grånande men mycket vitale och inspirerande rockpoeten ...

"den zigenska begravningsentreprenören gråter ... de ensamma positivhalarna dör ... silversaxofonen säger att jag borde vägra dig ... de spruckna kyrkklockorna och de utslitna hornen blåser hånfullt i mitt ansikte ... men det är inte så ... jag föddes inte att förlora dig ...

jag vill ha dig"

texten strimlar mig ... lämnar sår som av rakblad skurna ... det är inte så det var menat ... jag har ju knappt börjat ... min älskade ... mina ungar ... mitt liv ... allt var i sin linda ... vem har en aning om vilka spår jag växlat in på om jag bara fått fortsätta ... jag är inte borta än men det är inte långt kvar nu ... helt säker på att den andra lungan säckat ihop den också ... endast en liten mängd syre når blodomloppet under mina klena försök till andetag ... en alldeles för liten mängd för mitt hjärta att leverera runt och upp till mitt tänkande jag vilket givetvis kommer att få hela systemet att braka ihop inom kort ... få mina tankar att grumlas ... irra ... för att alldeles strax ...

försvinna i ...

MESSAGE FROM GOD ...

I vårt nybyggda underjordiska vinlager trängs ett otal buteljer av rubinens drottning med den friskt kvillrande prinsessan. Den senare kommer att finnas på matborden redan om ett fåtal år medan drottningen måste få tid på sig, ett flertal, kanske upp mot ett dussin innan hon kan levereras till lager utomlands, där ytterligare några års lagring kommer att förföra dreglande gommar och förgylla vårt bankkonto. När Saga inte är upptagen i symbios med vår son ägnar hon mycken tid åt vinet. Hennes intresse har vuxit med vinrankorna och hon har trängt allt längre in i vinets hemligheter. Jag är visserligen lika intresserad, men Saga inte bara suger i sig Salieris kunskap, utan utvecklar den också. En tredje vinsort, denna gången en vit diamant, är helt hennes förtjänst. Då hon inte konsumerar samma mängd som jag, vill hon ha ett något kraftigt men ändå i grova drag friskt vin, att njuta i små mängder, vilket gör att hon odlar fram ett sådant, under ivrigt påhejande av vår mästare Salieri, som är uppspelt och stolt över sin elevs snabba utveckling och spår henne en lysande framtid. Saga spinner som en mätt vildkatt under berömmet som utdelas vid en av våra gemensamma måltider.

En morgon i mitten av det nya årets andra månad, strax efter min födelsedag, ringer Valdemar ...

"Kod röd!" Mer säger han inte, det klickar till i luren. Vi vet båda vad det betyder. Det är dags. Jag lovar Saga att detta är sista gången och menar det uppriktigt. Känns rätt att säga så. Man bör sluta på den absoluta toppen. Vi sitter länge och diskuterar den kvällen. Vi vet båda att vi inte behöver mer pengar. Jag försöker så tydligt som möjligt att göra mitt kall begripligt. Är det genomförbart att förmedla en vettig förklaring till sitt konstnärsskap? Vad som driver en?

Börjar med att försöka berättiga mitt handlande. Möts av en vägg, dödandets vansinnighet. Hon har rätt, till en viss punkt. Att jag tar liv är inget jag vill sopa under mattan men att jämföra mitt arbete med simpla mördare och annat patrask är helt enkelt orimligt.

Vi pratar in natten, ger min bild av verksamheten, hon försöker verkligen förstå, men misslyckas ...

MEETING GOD ...

i vad då ... mörkret skrämmer mig visserligen med sina uppenbarelser och märkliga ljud men är ljuset verkligen tryggheten ... jag är inte säker ... det vore lätt att släppa taget ... ge sig iväg till den lockande lilla energiska punkten långt där i fjärran ... det som gör mig lite osäker ... fel ... väldigt osäker ... är att det inte kommer några som helst ljud därifrån ... ingen musik ... ingenting ... utom den lilla klara ljuspricken ... lika stark för mitt öga som solen en varm vårdag ... intuitionen skriker fara men tanken viskar gå ...

samtidigt vet jag helt säkert att fara lurar bakom mig i mörkret ... man vet vad man har men inte vad man får ... faran bemästrar jag ... i alla fall till för några sekunder sedan ... i den är jag trygg ... van ... hemma ...

vad är säkerhet ... är det att få se på teve varje kväll ... äta sig mätt ... leva utan att behöva förnedra sig ... arbeta ... sova med tak över huvudet och med kuken i en kär fitta ... ha vänner man kan lita på

... nära att älska och älska och älska och älska ... fiender att hata hata hata ... motgångar att bemästra ... för att kunna njuta måste man lida för utan lidande kan man inte uppskatta de bäst utskurna och möraste bitarna ur livets oxe ... så enkelt är det ... har man cyklat sig svettig och nära nog andlös uppför backen njuter man fullt och helt av det korta men härligt snabba nedförslutet ... är det inte uppenbart att vore det nedförsbacke hela tiden skulle man till sist somna av tristess och uttråkning ... tyna och dö ... det går inte att leva ljumt ... man måste leva kokhett och iskallt ... bara inte ...

ljumt ...

MESSAGE FROM GOD ...

Jag byter snabbt från vardagslunk till marschklar. Tidigt i gryningen tar vi adjö. Ett varmt, klibbigt, skönt morgonmöte. Gårdagskvällens diskussion har inte lyckats hämma lustarna. Kysser mina ännu sovande barn. Kör till flygplatsen. Inget bagage, reser som jag är. Sent på eftermiddagen når jag villan utan komplikationer. Ringer Valdemar, vi beslutar att han skall hämta mig morgonen efter. Ägnar kvällen åt att gå igenom de olika planerna i huvudet. Vi har tre varianter som bör tränas in mentalt, eftersom vårt mål är oberäkneligt och mycket spontant. I alla de förutbestämda momenten gäller samma regler som alltid, snabbt in, fort ut.

Nöjer mig med att intaga en lätt middag utan alkohol, dricker kranvatten med is och ett stänk citron till en pastasås utan kött och onödigt fett. Förbereder mig som en idrottsman, mental och fysisk träning, mycket kolhydrater i födan för att kunna vara så explosivt effektiv som möjligt när loppet är i gång. Somnar utan svårighet. Tidigt.

Startar dagen med att springa en runda. Duschar. Äter sedan en rejäl frukost bestående av havregrynsgröt. Till den dricker jag juice och tuggar grovt bröd med mager ost och rökt skinka. Avslutar med en kanna kaffe och en rejäl snus, lite hederlig doping måste även en elitidrottare unna sig. Valdemar är punktlig och vi reser utan vidare dröjsmål mot Hufvudstaden i en hyrd, grön, funktionssäker, bränslesnål men ytterst tråkig asiat. Måste smälta in i omgivningen. Den ursprungliga känslan av att jag befinner mig i en kameleonts kropp transformerar sig inifrån benmärgen och ut i skinnet som alltid då jag arbetar. Den händelselösa resan avbryts bara för en kort lunch varpå vi far vidare under tigande koncentration. Anländer metropolen innan kvällningen, där vi etablerar oss i en redan hyrd möblerad takvåning belägen i den centrala stadsdelen, vilket innebär minsta möjliga tidsspillan vid operationen. Nu väntar, väntan ...

Förutbestämda personer vilka sköter rutinbevakningen serverar hela tiden utgångspunkter för målangivning. Det enda vi behöver göra är att hålla oss i form, invänta rätt ögonblick. Sover i skift. Går aldrig utanför dörren. Den rymliga lägenhetens förråd innehåller all tänkbar proviantering och vi kommer att kunna leva i nästet under flera månader om så är nödvändigt. Kan av givna säkerhetsskäl inte röra oss på gatorna för en så simpel sak som dagstidningar varför vi får förlita oss till radions och televisionens urval av nyheter. Ägnar mycken tid åt fysisk träning i en för dylika aktiviteter specialinredd avdelning. Springer på löpband, cyklar på motionscykeln, lyfter skrot i diverse maskiner. Våningens motionsavdelning innehåller även en väl isolerad liten skjutbana, den biten övas upp till väl fungerande nivå. Har övertalats att använda ett något annorlunda vapen än det vi brukar i normala fall, varför skjutträning är av yttersta nödvändighet.

Efter någon vecka inträder tristessen. Då hjälper det väl tilltagna biblioteket till att döda tid. Har väntat förr och vi kommer att vänta så länge som uppdraget fordrar, för att ge effektiv utdelning. Arbete i denna form kräver alltid rätt timing för att nå förväntat resultat ...

MEETING GOD...

Samuel Rickardson levde inte ljumt ... eller Johnny Sysslobäck som han kallade sig på scen ... alla stora poeter hade artistnamn ... eller så var de döpta till dessa underbara namn som låg så bra i munnen ... Samuel tyckte inte att hans dopnamn låg bra där ... tog man den anglosaxiska böjningen fungerade visserligen förnamnet ... men efternamnet var fruktansvärt ... wrick ... ärd ... ssn ... funkade inte alls ... Sysslobäck kanske inte var någon stor hit heller när han tänkte till ... Vinnie Väder hade kanske varit ballare men det var försent nu ... han hade redan anmält sig under det första alter egot ...

Johnny Sysslobäck var poet ... varje dag såg han djupt inom sig orden mötas i väldiga fyrverkerier ... han speglade sig i mögel och förenades med ljungens växtvärk samt dammråttornas ångestfyllda morrande och myrornas kopulerande på skogsstigarnas stickiga barrmattor ... han förde ned explosionerna med hjälp av sin egentillverkade svanfjäderpenna ... eftersom bläck i rinnande form kladdade för mycket hade han helt enkelt brutit av en vanlig kontorspenna med texten "tillhör statsverket" ... tagit ur bläckpatronen och petat in det i fjädern ... fördelen med detta arrangemang var att skrivdonet i fråga kostade knappt ingenting och enkelt kunde bytas ut när det var slut ... orden flödade över det linjerade papperet i den svarta lilla läderbepärmade anteckningsbok vilken han alltid förvarade i innerfickan på den mycket luggslitna kamelhårsrock han fyndat i secondhandbutiken ...

nu hade hans stora stund kommit ... han skulle för första gången i sitt liv delta i det nationella poesimästerskapet till vilket han tagit sig via ett otal deltävlingar på stadens undergroundkrogar ...

MESSAGE FROM GOD ...

Sent en eftermiddag får vi rapport om att målet, eller mål ett, skall ut på stadens gator som en vanlig man. Tillsammans med sin fru, mål två, skall han, som han brukar benämna det, "ut på halligalli", säkerhetsvakterna får ingen information om vart. Tvärt om avbryts övervakningen vid dessa tillfällen. Allt enligt stränga order, vilka följs grannlaga, efter en ganska pinsam incident ...

Middag på en av stadens krogar var inbokad, med efterföljande pjäs på dramatiska teatern. På restaurationen får frun syn på de, mot makens vilja, utplacerade livvakterna. Efterföljande vardag kallas chefen för säkerhetspolisen in på politikerns tjänsterum och får en stående utskällning. Bevakningen dras sedan, utan kommentarer i vare sig inofficiella eller officiella handlingar, tillbaka vid behov.

Vi lämnar vårt näste ...

MEETING GOD ...

Johnny Sysslobäck var fattig ... han hade under det senaste året jobbat till och från på posten men de hade skurit ned på personal vilket gjort hans vikariat till en mer sällan återkommande inkomstkälla ... arbetslöshetskasseersättningen hade för länge sedan gått ut och då han inte kunde påvisa tillräckligt många nya arbetsdagar var den utvägen också passerad ...

en gång hade han glad i hågen och lätt till sinnet stegat in på socialbyrån ... ställt sig framför en arrogant uttråkad ... ansträngt artig manlig socialsekreterare ... förklarat att han som nyinflyttad i staden inte hunnit etablera sig som konstnär men att den stunden inte var långt borta ... för att bevisa detta läste han på stående fot tre av sina favoritdikter för den nu förvånade mannen ... hans självförtroende ägde inga brister ... han visste att han var bra och att han inom kort skulle bli upptagen i gemenskapen hos det mäktiga bokförlag vilket han just i dagarna förärat de mest lovande poemen ...

socialsekreteraren ... även han nyligen inflyttad ... norrifrån ... som inte borde ha några som helst problem att sätta sig in i Johnnys dilemma ... gav honom kalla handen ... ingen hjälp med hyran på tredjehandslägenheten som redan i nuläget släpade efter två månader ... den korpulente pullovrade slipsbehängde mannen kunde ... enbart för Johnnys skull ... tänka sig att ordna ett förstahandskontrakt på ett ungkarlshotell två mil utanför staden ... då Johnny i sådant fall skulle inneha en officiell bostad till skillnad från det nuvarande mycket mörkt inofficiella krypinet ... kunde han få hjälp ... under förutsättning att han gjorde sig av med sitt gamla fordon förstås ... så var dealen ... sälj den rostiga gamla häcken vilken Johnny köpt loss för fem hundra spänn av en zigenare i förorten ... flytta in bland alkoholisterna knarkarna och de andra stackars utslagna satarna utanför staden ...

"och jag hjälper dig med hyran ... sådan är vår modell ..."

då Johnny påpekade att socialsekreteraren förmodligen bröt mot lagen ... hånlog den nytillsatte byråkraten och ryckte på axlarna ... för hans del var ärendet avslutat ...

nu blev Johnny förbannad ... han hade som alla andra betalat skatt och trott på att alla människor i det här landet ... inte bara företagsledare ... har en ekonomisk fallskärm då nöden kräver ... hade börjat jobba i byns textilindustri direkt efter grundskolan ... arbetat där tills tekokrisen kastat ut honom ... sist in först ut ... fått jobb på en glasfiberfabrik och knegat vidare fram till sin tjugofemårsdag ... i sammanlagt tio år ... han hade alltid klarat sig själv ... då fanns det fortfarande jobb ... men när tiden hade kommit för det stora beslutet att satsa på sin sedan länge närda dröm ... skriva stor poesi ... sökt och kommit in på en skrivarfolkhögskola ... utexaminerats med flaggan i topp ... flyttat till storstaden där likasinnade levde ... hade arbetstillfällena minskat avsevärt ... postknäcket var bara sporadiskt och farligt nära upphällningen ... allt skulle ju ordna sig ... bara han fick chansen till en nystart ... förstod inte karlfan det ... sedan hade idioten mage att sitta och bryta mot landets socialtjänstlag ... allt enligt stadens lokala modell ... dessutom med ett överlägset flin över hela ansiktet ...

Johnny kom från ett litet samhälle ... jobben på de industrier varpå bygden var grundad var enformiga och krävande för kropp och själ ... han hade sedan barnsben vetat att hans värv inte fanns i denna lilla håla där tristessen i oföränderligheten gjorde att människorna när arbetsveckan äntligen var slut i ren desperation gick på byns enda lokal och söp sig fulla och spydde och slogs och i bästa fall knullade bort sig en stund från det kroppstärande och dåligt betalda slaveriet på fabriken där disponenten själv gick runt som vore det ett sekel eller två sedan och skrek på sina anställda så fort han var missnöjd med något och där den feta flintskalliga gråkostymerade kamrern varje veckoslut kom ned på golvet med det genomskinliga kuvertet med den lilla löneremsan och de få sedlarna och till och med ned till öret växelpengarna som han gav personligen till varje anställd som anmodades bocka och ta av sig kepsen eller få en reprimand i form av en skriftlig varning för ohörsamhet inför överordnad ...

dessa små brukssamhällen ... som numera bara existerar i ett fåtal i riktiga livet och i flertal på journalfilmer ... var Johnnys ursprung ... han var van vid vilda tilltufsande gängslagsmål där alla slogs med alla och där man tillbringade hela vilodagen med att jämföra fläskläppar och gårdagskvällens eventuellt erövrade fittor under bakrusångest och broderlig fred ... detta kunde inte socialsekreteraren veta men han såg något av en förändring hos ordfånen framför sig ... det började i ögonen ... de blev ... från att ha varit varmt blå ...

djupt svarta ...

MESSAGE FROM GOD ...

I våra hörselsnäckor får vi under hela uppdragets gång löpande information från spaningsgruppen. Den är i rörelse runt målet, hela tiden bytande positioner för att inte avslöja sin existens. Det första stoppet blir en liten oansenlig krog i centrum. Mål ett äter en råbiff med extra mycket potatis, medan mål två intager en lättare grönsakssoppa. Till detta dricker båda snaps av okänd sort, samt var sitt glas mellanöl.

Vi tar ett snabbt beslut om att slå till utanför restaurangen, men ångrar oss då paret i samma stund betalar och rör sig mot utgången. Vi avvaktar ...

Det är mycket kallt och vi är glada för att ha utrustats med det senaste inom fjällkläder. Underställ som leder iväg fukt och behåller värme, tjocka välisolerade kängor som även de transporterar den kroppsnedkylande svetten ut i atmosfären utan att den isar våra tår. Flera lager av kläder på kroppen. Vindtäta jackor, kraftiga tumhandskar, pälsmössor, öronlapparna inte bara stänger ute den bistra vintervinden, utan döljer även de i våra öron intryckta små högtalarna från omvärldens potentiella vittnesögon. Trots kläderna måste vi hålla oss i rörelse, det är mycket kallt. Rösten når oss utan förvarning:

"Skänk en slant då. Till lite snus!"

MEETING GOD ...

Johnny Sysslobäck har nu knutit bägge nävarna så att knogarna lyser blodlösa ... han står fortfarande rak inför övermakten som sitter bakåtlutad med fingrarna flätade bak nacken i den bruna kontorsstolen i det hårda lysrörskala kontoret med pärmar och foldrar i den ljusa ... "tillhör kommunen" ... ekfanerklädda bokhyllan ...

"vad fan vill du att jag ska göra ... råna en bank"

han väser ut frågan i en låg brummande tonart olik den vältränade magstödsdeklamering han tidigare förslösat på idioten framför sig ... havregrynen tog slut i förrgår ... det enda han har hemma i skafferiet är ett paket billigt skitkaffe ... grovsnuset tog slut igår ... levt på havregrynsgröt i ett halvår nu ... gröt och kaffe på dagen ... hemjäst pissvin på nätterna för att kunna befria sig från skrupler och förnuftiga tankar på vidareutbildning och ett "riktigt" jobb ... snus mest hela tiden ... han hade fått framtänder långa som en ardenner efter år som nikotinist ... de starka prillorna hade frätt upp hans tandkött till ett dödskallegrin ... arbetargrabbar snusar ... det är bara fjollor som inte tål en rejäl pris ...

"man väljer vad man vill göra" skrattar den överviktige skogshuggarsonen och numera socionombyråkraten strax innan Johnny Sysslobäcks höger sänder honom lycklig in i glitterhimmelen där änglarna sjunger sociallagsparagrafer i vackra trestämmiga körer ...

MESSAGE FROM GOD ...

Tiggaren ser gammal ut. Skitig. Har vandrat gatorna de senaste åren. Valdemar drar i mig, men jag kan inte låta bli. Tar av mig ena skinnvanten, även den stickade, gröna fingerhandsken i ylle, med gummerad insida likt en målvaktshandske för bästa grepp. Vintern biter genast i skinnet. Fiskar fram en stor sedel, för stor. Mannen tror inte sina ögon. Det räcker till flera dygns värmande spritkoma.

"Det blir nog mer än snus för det här!" kraxar mannen lyckligt. I hans glittrande blå ögon hinner jag, för en sekund, se livsglädjen han en gång ägde. Jag nickar bara. Känner mig spyfärdig, ledsen. Lämnar honom. Ångesten växer i min mage. Vart har det här landet fört oss, varför blev det så här, hur kunde vi tillåta det? Vi som har möjligheten, och rätten att ändra. Mannen, nu med sedeln instoppad i sin slitna rock, har inga rättigheter alls, dessa har han förbrukat för länge sedan. Tillåts inte ens vård, om inte något av de gatuläkarlag vilka ibland drar människor ur rännstenen tar honom till något sjukhus, stannar kvar och övervakar att personalen verkligen delger honom den tillsyn han är i behov av. En hemlös kvinna, råttbiten, hade försökt slå ifrån sig, men gnagaren anföll igen, och igen, hittades blödande och hjälptes till ett av våra större lasarett, lämnades där av en vårdare ur teamet. Människan fick ingen hjälp. Ingen ville ta i hennes skitiga och pisstinkande lekamen. Till slut lämnade hon kliniken. De fick leta reda på henne igen, följa med ytterligare en vända, vänta tills råttbettet var omlagt, stelkrampsvaccinet injicerat. Bevittna att hon fick vad alla invånare har rätt till ...

Dessa tiotusentals hemlösa människor i landet som är vårt, har mist både sina rättigheter som medborgare och sitt egenvärde.

Man väljer vad man vill göra. En allmän uppfattning. Ingen väljer. Alla är vi jollrande spädbarn i begynnelsen, någons son, någons dotter. Vem bestämmer sig för att gå gatan runt år efter år, stjäla bilstereoapparater och länsa källarförråd för att klara dagens amfetaminkick, tigga ur handen på oss bemedlade, leta tomburkar för att kunna köpa en flaska av det billigaste vinet att tina nattfrosten med, skrapa i soptunnorna utanför restaurangerna efter något ätbart ...

Ingen väljer det ...

MEETING GOD ...

polisen får aldrig tag i Johnny ... han finns inte ... Samuel Rickardson har aldrig varit på socialen ... det var poeten Johnny som tittat in ... han läser om händelsen i morgontidningen på bibliotekets läsavdelning ... socialsekreteraren klarade sig med en hjärnskakning och ett grönblåsvullet öga ... Johnny är varken stolt eller glad över sitt tilltag ... han trodde på samhällets skyddsnät vilket han fostrats att inte nyttja men visste att kunna erbjudas vid akuta behov ... att det var en absolut allemansrätt ... så fel ... vilken offentlig lögn ...

varje dag går han den en timme och fyrtio minuter långa promenaden ned till centrum ... buss är inte att tänka på ... det kostar pengar och sådana finns inte i Johnnys ägo ... han går för att inte falla i apati ... går och går trots att han inte borde ha energi ... enbart kaffe ger ingen vandrare ork ... han skiter i det ... han går ändå ... varje dag ... en och fyrtio ned ... läser morgontidningarna ... en sväng bland folket på stan ... en och fyrtio hem ... sedan kaffe och vin och skriva tills han stupar i säng ... aldrig före tidningsbudet som kommer punktligt likt en domkyrkoklocka varje natt ... han hör stegen springa förbi upp mot prenumeranternas brevinkast ... tre hyresgäster har råd ... Johnny lägger ned fjäderpennan och sträcker sig ... går ut på balkongen ... andas in den friska vinterluften ...

ikväll deltar han i sitt livs viktigaste framträdande ... han skall vara med i finalen med den från botten slåendes dikten ... en tjurstark uppercut mot poesins bergstopp där det akademiskt torra finkulturella ordbajseriet härskar men som nu hotas av kraften i ordet från dem som vet att inte leva ljumt ... de som hänger över avgrunden i en tunn lina ... nationens främsta undergrounddiktare skall kämpa på samma scen som Johnny ... dikten som gett honom plats heter ... hunger ...

så passande ... "I'm eating me this week nothing is changing" ... han sveper ytterligare ett grumligt glas av dunkens rödtjut ... rapar ... pissar ... orkar inte borsta tänderna en natt till utan tandkräm ... han klämmer desperat på den skrynkligt tomma tuben men den är ohjälpligt slut och han kastar den i badkaret ... när han går mot sovplatsen slänger han ett öga snett upp mot löpsnaran som hänger ned från lampkroken i taket ...

"inte i natt heller ditt as" spottar han fram innan han kryper ned på skumplastmadrassen som ligger på den fult grå linoleummattan ...

ikväll ...

MESSAGE FROM GOD ...

Vi slinker in på ett litet pilsnersjapp, beställer var sin kopp kaffe.

"Du är lite obetänksam en kväll som denna. Det förvånar mig, börjar du bli trött?" frågar Valdemar och sörplar den beska drycken. Jag är medveten om att jag brutit mot den gyllene regeln, inte väcka uppmärksamhet. Nu tror jag inte att någon skulle bry sig om att fråga ut vår tiggare, men det är dock ett grovt disciplinbrott.

"Hade inget val, ber om ursäkt! Första och sista gången det händer." Valdemar kommenterar inte incidenten mer och vi njuter värmen under tystnad. Ur diskantskrikiga högtalare hör jag ett av glamrockens största och bästa band:

"If we don't fuck you, then someone else will ..."

Det fräser till i våra öron, målet skall gå på bio. Filmen är strax över två timmar lång. Nu vet vi när vi tar honom, men inte riktigt var. Eftersom vi har en god stund på oss går vi upp till våningen, där vi tillagar lite mat och slappnar av en stund ...

MEETING GOD ...

känner ånyo kölden mot mitt ansikte ... mina fingertoppar rör vid snön ... det är knappt någon känsel i dem ... men den finns där ... min känsla för snö är dubbeltydig ... jag älskar och hatar den samtidigt ... paradoxalt ... jag vet ... kylan ... att frysa kuken av sig i flera månader när man skrapar bilens isbelagda rutor är ett helvete ... men vem vill inte ha en vit jul med renar och skidbackar och snölyktor och hej tomtegubbar slå i glasen med den hemkryddade glöggen och tecknade sagor med massor av snö och ...

samtidigt ... på hösten ... när man vet på lukten i luften att det sista lövet ligger och multnar ... när höststormarna tjuter runt knuten och man inser att kylan och mörkret oåterkalleligt är över oss ännu en gång ...

och den eviga längtan efter ljus ...

MESSAGE FROM GOD ...

Skönt att det snart är över. Väntan har känts ovanligt lång denna gång. Behöver en sup. Knulla. Känner mig som en spermastinn älgtjur. Mate once a year, drinking whisky, never.

Om tio minuter är filmen slut. Vi tar oss ned på gatan. Får reda på att paret redan är på väg hemåt, till fots. Behöver väl röra på sig efter att ha suttit stilla så länge. Det hade inte gjort något om de valt taxi, vi hade lätt kunna ta dem utanför hemmet. Bilar står överallt till vårt förfogande. Studerar en av de tänkbara tillslagsplatserna. Godkänd.

Valdemar ställer sig en bit ned i trappan som leder till en gångtunnel, vilken mynnar ut strax intill det stora motbjudande torget med sin fula, lysande jättefallos, där fulla idioter då och då klättrar upp och inte kommer ned igen. När ögonkänning med målet är nådd, kommer han att ge tecken åt mig som fattat posto mitt emot, med ryggen mot ett skyltfönster, ett par meter in i gränden ...

Minuterna går. Väntan ... Vi vet att de är på väg. Löpande, detaljerad vägbeskrivning i våra öron. Plötsligt tänder Valdemar en cigarett ...

Nu åker vi ...

MEETING GOD ...

rökt ... jag borde rökt mer ... njutit mer av de dyra cigarrerna som ligger i det för ändamålet absolut rätt tempererade glasskåpet i den vackert handsnidade ädelträasken i min obetalbara till brädden välfyllda bar där hemma ... jag borde ha rökt som en förbannad borstbindare ... det var inte nikotinet som till sist bedrog mig med livet ...

herre gud vad mycket man borde ... och inte borde ... medan man fortfarande har chansen ... jag borde inte ... ha tackat nej till den rödhåriga skönheten som prompt ville ha mig trots att hon visste att jag var upptagen ... vad envis hon var ... jag fick nästan skrika mig blå för att hon skulle förstå att det inte fungerade ... kåt var jag men ville inte ljuga ... jag ångrar inte så mycket ... gjort mina misstag men de måste snubblas över för att man skall kunna lära sig något om livet ... få en liten aning om vad det hela handlar om ... livserfarenhet ...

jag vill inte dö ... jag vill mogna ... jag vill bli gammal och påta med mina rosor efter lunch ... gråhårig och krum i ryggen med jord under mina spruckna naglar vill jag släpa mig in att tillreda mig min dagliga eftermiddagsdrink ... en stor dry Martini med tre fyllda oliver i ... läsa den dagliga skiten i kvällstidningen ... sucka över världens elände och sedan nyskrubbad och ombytt sällskapa min lika gråhåriga hustru till middag där vi njuter vårt bästa årgångsvin och vår ångande middag ... där vi fattar gafflarna med russinskrynkliga händer ... där vi istället för att knulla oss gröna i ansiktet värmer oss med varandra på verandan ... hon med en sherry och jag med en rejäl whisky ... en trefingrars ... där jag salongsberusat smålullig för min själs älskade mot vår säng där vi somnar ... jag med ansiktet mellan hennes nu hängande underbara tantbröst ... hon med en hand under min slöa hängpung under kuken som någon gång i månaden fortfarande stelnar till liv och låter oss älska i vår takt ...

fan också ... jag vill mogna ...

MESSAGE FROM GOD ...

Han slänger den glödande fimpen på cementen, vänder sig och går raskt ned i underjorden. Jag hör deras steg genom biltrafiken. Innanför jackan, den tunga revolvern, känner doften av vapenfett genom kragöppningen. Vänder mig inte. Har ingen som helst ögonkontakt med målet. Står bara här och väntar med händerna i fickorna, huttrar till. En kall man som väntar på vem som helst, och ingen alls ...

De går i lugn promenadtakt. I kvällen och staden, och den fria tiden utan förpliktelser och avbrott. Vad planerar de nu? En flaska vin i kvarterskrogen? Kanske champagne, nakna hemma i sängen? Tycker hon om att bli tagen på köksbordet? Han kanske gillar att hon klär sig i skinn och huva, och kärleksfullt snärtar honom med oxkatten? Min hunger får inte ta över ... Skärpning för helvete! Fick ett praktstånd direkt. Jag vill hem till Saga ... nu ...

Mannens röst får mig att vakna. Hör inte vad han säger, men det går inte att ta miste, känner igen den från otaliga teveframträdanden. Hon svarar jakande, sedan skrattar hon till. Ett härligt glittrande bubbelskratt. Det sista. *Njut av det!* Nu ser jag dem i ögonvrån. De ser inte mig. De grova sulorna tar mig snabbt och ljudlöst sex steg ut på trottoaren ...

Mål ett har en mörk rock, den når honom ned på låren, pälsmössa och kraftiga skor, svarta handskar. Mål två, beigegrå kappa, vit huvudbonad i ylle, vinterbaskern, ser inte hennes händer. Makarna vidrör inte varandra. Är strax bakom deras ryggar, och jag förstår att kvinnan anar min närvaro när jag drar upp vapnet, hon gör en ansats att vända sig. Jag osäkrar och skjuter mannen i ryggen. När jag skall stryka henne, ångrar jag mig i sista millisekunden. Skottet missar, går tätt utmed hennes överkropp, genom kappan. Hon skriker, böjer knä bredvid sin kraftigt blödande livskamrat. Hade vi använt tjänstevapen och brukliga metoder hade det inte sett så brutalt ut. Det är givetvis meningen, vår uppdragsgivare vill ha det så.

Hela nationen skall skakas om. De blodiga bilderna kommer att visas om och om igen på löpsedlar och i teverutor världen runt. Jag förvissar mig om att raderingen är fullbordad, att mål två är oskatt, vilket uppenbarligen är fallet. Hon försöker förgäves skaka liv i sin make genom att greppa dennes axlar, ruska honom, skrika hans namn. Hon tittar på mig men ser mig inte, ser inget annat än en kraftig ström av tunt, mörkt blod. En varm röd bäck som ryker när den rinner över de fläckvis isiga stenplattorna. Jag vänder, går med raska steg.

Ett lätt snöfall. Det glittrar i gränden ...

MEETING GOD ...

det fanns en tid då jag tyckte promenader var livsviktiga ... inte bara i motionshänseende ... vilket givetvis är en ganska bra anledning att röra på sig ... nej ... det friade mig från vardag och plikter ... lät mig sjunka in i fantasins värld där kungar och riddare slogs mot väderkvarnar ... jag var alltid prinsen som mot alla odds vann prinsessans hjärta ...

folk sade att jag var farlig ... att jag var disträ och far away när jag gick ... att jag förmodligen en vacker dag skulle gå rakt ut i gatan och bli överkörd ... det blev jag inte men historierna växte från att bara ha varit fantasier till att faktiskt bli verklighet ... jag vann segrar över mig själv och hela världen ... räddade prinsessor på löpande band och blev själv räddad av diverse obskyra nattliga varelser ... jag tyckte världen log mot mig och när jag var som mest vacker och osårbar ... klipptes mina vingar av ... mina ben slogs undan och jag föll ned igen ... en tid ... bara för att sakta men ostadigt ta mig upp på krönet igen ... och där fanns de kvar ... prinsessorna som ville bli förlösta från sina fjättrar djupt ned i drakarnas borgar och här stod jag på nydarriga ben med vingarna fjäderlätta och med det blanka nyslipade stålet i hand ...

den tiden är inte helt förbi men den har bleknat något ... tar mig då och då ut på en promenad och försvinner in i dimman ett tag ... när jag vaknar igen är det som om livet börjar åter ... själen är rentvagad och jag får ny kraft att ta itu med de jobbiga sakerna ...

att kriga mot drakar är arbetsamt ...

MESSAGE FROM GOD ...

Då inträder ett lugn. Skyndar med benen men inte i hjärnan, ingen stress. Möter människor men är inte oroad över det. De kommer inte att kunna identifiera mig. Ingen bryr sig om en mötande nattvandrare på stadens bakgator. Förändrad. Lycklig och mycket sorgsen på samma gång. Det är verkligen över. Nu väntar en ny period i mitt liv. Omskolning. Vet inte vad som väntar runt hörnet, det vet väl ingen, livet tar ständigt nya vägar. Som nu ...

Gångtunneln är stängd. Skylten talar om att den är öppen mellan sex på morgonen till tio på kvällen, klockan är lite före halv tolv, vilket gör att bilen på andra sidan inte kan nås den vägen. Ingen katastrof, får ta den lite längre vägen. Den långa rulltrappan står still, så jag halvspringer de fyra trapporna upp mot den gamla horgatan. Åttionio steg. Varje kliv tar mig närmare himlen, där familj, vin och vanligt enkelt leverne skall föra mig mot ännu okända kovändningar. Så fortgår livet ...

Passerar torskarnas favoritvatten, ser den vackra kyrkan på avstånd. Kanske får templet någon av rovfiskarna att ångra sig ikväll. Den upplysta helgedomen strålar ut sin lönlösa kamp mot synden framför dess härlighet. Fler människor här, saktar stegen något för att inte väcka onödig uppmärksamhet, passerar nästa tvärgata och fortsätter något hundratal meter ned mot bilen som väntar. Det har inte snålats med fordon ikväll. Så snart jag lämnat platsen kommer ett tjugotal bilar i diskret svart eller grå färg att starta och köra iväg mot en uppsamlingsplats, där de alla får nya skyltar, varpå de parkeras i minst fyra olika bilfirmors stora luftiga hallar, för att sen säljas till allmänheten.

Jag når mitt exemplar, svart. Överraskande nog väntar Valdemar bredvid fordonet, han ler, nickar uppskattande.

"Sisten hit är ett rövhål!" skrattar han.

Hans ansikte lyser likt gossen som lurat den elakaste gubben i kvarteret på en hel mössa med pallade plommon. Jag förstår honom, är i samma euforiska tillstånd. Vi har gjort mycket stort tillsammans, men aldrig av denna dignitet.

"Vad fan gör du här?" Jag kastar ut frågan utan att egentligen begära något svar. Han borde givetvis vara på väg ut ur staden i sitt utvalda multihästars muskelpaket, men jag förebrår honom inte. En kväll som den här vill man inte tillbringa ensam ...

Man firar tillsammans med någon kär vän ...

MEETING GOD ...

första gången man åkte bergochdalbana ... debuten ... det första barnkalaset med varm korv och gömma nyckel ... fågel fisk eller mitt emellan ... benbrottet ... de stora händelserna i ett liv ... de borde flimra förbi nu ... det skall ju göra det enligt gängse regler ... som på bio ... med popcorn och läsk ... sekundsnabbt skall livsrutorna passera revy för att ta mig till ... the end ... jag känner mig lurad på mitt livs film ... var är maskinisten ... har ett klagomål ...

de firade den gången ... han hade just öppnat ögonen och gläntat in i vuxenvärlden ... efteråt saluterades hans första stapplande steg in i den ... drack vin och åt ost för han ansåg att det var så en sådan viktig tilldragelse borde firas ...

det är länge sedan nu ... det känns som årtionden sedan och det är det väl ... årtionden ... smaka på det vuxna i det ordet ... årtionden ... i sjuttonårsåldern trodde han att när man fyllt trettio var man långt in i pensionsåldern ... slut ... död ... förbrukad ... utbytt ...

han sitter i sin tonårssvettiga silverskjorta ... guldglittrande nagellack ... handblöt ... som det inte vore nog med kroppsvätskor och sekret i den åldern ... ser en bekant ... riktigt kul typ ... sitter i ett hörn med en leende ung blond flicka ... han tar mod till sig ... känner ju killen ... tjejen har han aldrig sett förut ... hon måste vara från grannbyn ... sätter sig vid deras bord ... mitt emot dem ... hälsar på sin manlige bekant och vänder sedan huvudet mot henne ...

hon ler fortfarande ... säger inte ett ord ... börjar smeka hans lår ... intensivt ... utan någon som helst föraning har han en vansinnigt vacker flicka han aldrig pratat med sittandes smekandes hans bägge blixtrande och sprittande lår ... hon rör inte hans sprickfärdiga tonårskuk och väl är väl det för då skulle den explodera i byxornas fuktiga inre ... varför rör hon den inte ...

han vet inte var kraften kommer ifrån ... knappast från den enda ölen han sugit i sig men som vore han förste älskare av rang konstaterar han ...

"nu går vi hem till mig ... jag bor i närheten"

han vinglar till i stolen ... förmodligen av chocken när hon omedelbart reser sig och tar hans hand ...

"kom då ... vi hämtar våra kläder"

han kan inte tro sina öron ... denna ljuvligt magnetiska lilla varelse vill följa honom hem ... de lämnar stället ... finns inga pengar till taxi ... det är inte långt men det är inte i närheten ... han ljög ... de går och går och när de kommer hem ber hon om en smörgås ... hon pratar oavbrutet ... han får inte en syl i vädret ... visst ... visst ... ät ät ät ... prata prata prata ... hur mycket som helst men nu stannar det av på något sätt för det slamrar till i dörren och en hel drös av hans kompisar far in i lägenheten och de vill ha efterfest eftersom han är den ende i gänget som har egen lya ... en arbetarbarack i textilfabrikens skugga ... oisolerad så till den milda grad att håller man en levande låga mot väggen vid fönstret dör den i vinddraget ... men hyran är billig ... bara ett par hundralappar i månaden och den dras direkt på lönen ... ett mycket praktiskt arrangemang då de pengarna lätt kunde glidit in på festkontot ... det är vinter och mycket kallt ... han har tejpat varenda fönsterskarv i den gistna men mycket hemtrevliga lilla tvåan vilket gör att temperaturen håller en någorlunda dräglig nivå ...

han genomfars av en inre konflikt ... i hans familj har aldrig en vän motats i dörren ... oavsett tidpunkt och tillfälle ... en vän är en vän och är alltid välkommen ... sån är lagen ... nu har kamraterna med sig öl och vin och han tar henne i handen och de sätter sig med de andra i de två ärvda gamla nedsuttna sofforna i vardagsrummet ... nu är det kört ... han har givit upp ... han kommer inte till ikväll ... den här festen kommer att pågå länge ... det vet han av erfarenhet ... ingen i byns tuffaste gäng ger upp före klockan sex följande morgon ... utom Heikki förstås ... som i vanlig ordning redan börjar nicka till i hörnfåtöljen bredvid den stulna kundvagnen ... ett av de märkliga konstverk som pryder hans hem ... ett annat är de sönderklippta underbyxorna med den handskrivna skylten under ... Lenas trosor

... de hänger på väggen jämte de många rockgruppshalsdukarna ... banderoller som talar om vilka konserter han gästat ... den blanka ljusblå spetstrosan klipptes av en tjej från grannbyn som en av grabbarna lyckats få med sig från helgdiscot i skolmatsalen ... de hade passat på då hon stupfull hade somnat i ena soffan ... när hon kvicknade till dagen efter lurade de i henne att hon strippat på bordet kvällen före ... slitit av sig underbyxorna och kastat bitarna på oss ... stackars brud ... hon gick på det och skämdes något fruktansvärt ... en annan pjäs ... också den prydande en av de fläckade tapeterna ... en fullkomligt krossad gitarr ... en gång hade han slipat ner lacken på det billiga instrumentet ... omsorgsfullt ritat upp schackrutor över hela locket ... lackat den svart och vit ... över hela ytan hade han sedan sprutat klarlack vilket utlöst en kemisk reaktion ... timmar av arbete förgäves ... hela ytan bubblade och rykte ... bara att börja slipa och maskeringstejpa igen ... en eftermiddag hade han suttit och spelat på gitarren med den ånyo blottlagda träytan men den stämde hela tiden ur sig varpå han gick ut i hallen ... gled i ett par kraftiga träskor ... arbetsskorna ... lade gitarren på köksgolvet och förvandlade den till brasved ... nu hade han en riktig gitarr ... den höll stämningen ...

fan också ... han som trodde han äntligen skulle få göra det ... på riktigt ... hånglat och gnosat i soffor på fester hade han väl gjort som alla andra ... förresten kan man väl säga att han rent tekniskt redan knullat men den gången var det mörkt och de hade båda varit alldeles för fulla och han minns inte så mycket alls även om historiebeskrivningen ... då kompisarna dagen efter nyfiket samlats runt honom för detaljer ... spätts på i rätt porrtidningsstuk ...

nu var han både klar i huvudet och kåt ... helvete ... han tar emot pilsnerflaskan som sträcks ut av Peter ... suckar och dricker en klunk ... egentligen helt ointresserad av ölet ... axlarna sjunker ihop och han ser förmodligen väldigt olycklig ut ...

hon sitter bredvid ... han kan känna hennes lår mot sina och kuken står igen ... hej o hå o en flaska med rom till ingen nytta ... han vågar inte möta hennes blick ... skäms lite ... en riktig karl hade väl slängt ut gänget ... slitit av henne kläderna och rätat upp henne i en ljuvlig orgasm ... hur nu det går till ... fan också ... han är värdelös ... skit ... säkert bög också ... tänk om han är bög ... helvete ... en klump i halsen ... och hennes röst är tätt intill ... känner hennes andedräkt i örat ... kuken står fortfarande ... det känns som om det pumpar in ytterligare några droppar i den när hennes viskande ord når hjärnan ...

"nu går jag in på toaletten sen går jag in i sovrummet" lämnar oss ... hör inte vad hon har för sig ... musiken är alldeles för hög ... den germanske knubbige läderklädde rocksångaren sjunger med hes hög stämma ... "balls to the wall man ... we got the balls to the wall" och hon kommer ut ... passerar förbi i hallen och försvinner ... ingen reagerar ... de skriker till varandra eller spelar luftgitarr vid stereon och i hörnet sitter Heikki och sover med huvudet hängande tungt mot bröstet ... ser att han snarkar men hör det inte ...

följer henne ... först in på toaletten ... sätter sig och pinkar ... det går inte att stå och urinera i det här tillståndet ... han är hård som ett hammarskaft ... viker ned kuken i tvättstället ... tvålar snabbt av sig ... smyger in till sovrummet ... låser dörren ... hon ligger redan naken ... aldrig förr ... och förmodligen aldrig senare ... har han klätt av sig på så kort tid ...

en månad senare firar de ... en månad bara ... de sitter med de oäkta skyltringarna de fått av juveleraren i väntan på de riktiga i guld som dröjer ännu ett tag hos gravören ... det var viktigt att växla dem idag på deras enmånadsdag ... de firar med det billiga vinet och den helt vanliga grevéosten och det smakar underbart och de är ensamma i lägenheten och han har trängt in i vuxenvärlden ...

på riktigt ...

MESSAGE FROM GOD ...

Den röda rosens ikon är död. Den bleke, vice statsministern kan ta över rodret. Vårt uppdrag är slutfört. Det lilla landet, som en gång byggdes upp av den nu nära nog utdöda äldre generationen, det trygga folkhemmet, kommer allt enligt den fortsatta planen att raseras och i små portioner smulas sönder och samman samt ytterligare dras i gruset. Alla kostbara statliga instutitioner kommer inom en noga planerad tidsperiod att säljas ut till den privata sektorn. Allt skall skötas i vinstdrivande syfte, aktieplaceras. Slå ut vissa delar av befolkningen, det stavas marknadsekonomi, eller dra åt svångremmen ... Öka arbetslösheten till en för landet lämplig nivå där låneräntor och inflation kan tyglas någorlunda, där levnadsstandarden kan hållas intakt för nyinvesteringsdugliga element. Effektivisera arbetskraft, minimera kostnaderna, en allt mindre personalstyrka skall hantera de växande arbetsuppgifterna.

All dyr service i allmänhetens tjänst bör sminkas till. Smakar det så kostar det. Utgifterna för pensioner, social trygghet, arbetslöshetsersättningar med mera, minimeras. Inkomster av samhällsservice, patientavgifter, mediciner, tandläkarkostnader, daghemsplatser med mera, maximeras. För de mest utsatta, det vill säga en mycket stor andel medborgare, är det givetvis förödande. Det skall inte längre vara självklart att få kostsam vård och hjälp från samhället utan att ha en likviditetspondus, eller möjligen en sådan lämplig ålder, vilket innebär att tillfrisknandet görs lönsamt på sikt, i skatteinkomster räknat.

I och med den för övriga nationer kartellanpassade marknadsekonomin, skall landet resa sig ur den pinsamma ekonomiska krisen, få tillbaka lite av den förlorade och nu nedsablade respekten för den inhemska modellen. Strypa omvärldens: *Vad var det vi sa?* Öka vinsterna i de större multinationella företagen som förhoppningsvis, men inte helt självklart, investeras på den egna marknaden, vilket givetvis kommer att stärka landets globala exportpotential. De små får även här stryka på lilltån ... Planen att få arbetare och företag att själva stå för pension och sjukförsäkringar, enligt modell från det stora landet i väster, är redan utarbetad och kommer att läggas fram inför riksdagen inom några få år. Förslaget kommer givetvis bara att gynna större företag med fler anställda som kan betala hela kakans pris. Inom pöbelns ramar räknas även småföretagare. Landet beräknas att i det längre perspektivet kunna betala av folkhemmets stora skulder, styra upp värdet av den inhemska penningen, vilken på sikt skall bytas ut till en för de samgående länderna gemensam valuta. Om allt går planenligt, kommer en ljusare, västlig värld att vara inom räckhåll de närmaste decennierna. Den växande svälten och brist på medicin i utvecklingsländerna ignoreras fortfarande och kommenteras givetvis inte i planen, ej heller den växande befolkningsmängden i dessa underutvecklade världsdelar, vilken på sikt hotar att slå ut hela mänskligheten.

Ett nytt ord kommer däremot inom kort att vara på mode. Miljö. Människan måste ju rimligtvis ha någonstans att existera även i en framtid. Rymdforskningsprogrammen har stagnerat, inga nya världar lämpliga för artens fortlevnad har ännu så länge upptäckts. Det blir alltså den stationära, globala miljövården som kommer att gälla framöver, ett ämne som kommer att nyttjas allt mer i den västliga, recyklade, politiska retoriken.

Tyvärr, har ingen av de välsituerade, noga kalkylerande, världsekonomiskt välutbildade experter, vilka varit med och besiffrat det lilla folkhemmet till oigenkännlighet, reflekterat över den mänskliga faktorn. Ingen socialpsykologiskt bildad person har konsulterats, varför inga varningar angående de oundvikliga familjetragedier vilka följer i besparingarnas och effektiviseringarnas spår kan diskuteras ...

De utan arbete och inkomst när arbetslöshetskassor och socialförsäkringar urholkas, de i behov av vård som inte kommer att ha råd att få någon, de institionerade individer som kommer att släppas ut, att som det så fint heter, integreras i samhället, men som till slut ändå hamnar på gatan, som hemlösa. De mindre bemedlades barn, vilka inte kommer att ha någon chans till en gedigen utbildning i de lärarlösa lektionernas sämre tonårsdagis, som förr fungerade som skolor. Inte ha några som helst grunder för en eventuell högre utbildning, vilket i realiteten kommer att öka våldet och brottsligheten, då egenvärdet hos de knappt läskunniga barnen kommer att sänkas till en nivå under noll. Och frustrationen strax över hundra ...

Det är inte av vikt för marknaden. Det är marknadsekonomin som råder ...

MEETING GOD ...

halleluleja ... illusionen är fullständig ... vi tror på den och vi anser att det vi gör är rätt ... det är resten av världen som är ond ... vi gör rätt ... de gör fel ...

de hugger ned regnskogen ... de spyr ut ton med industriavfall i sekunden och polerna smälter ... de mördar varandra ... deras barn skjuter ihjäl barn ... de rånar och bedrar ... de förintar och de utrensar ... de stjäl och de skattesmiter ... de har fallskärmar och de klipper kvitton och ljuger ... de spelar skit och vi spelar musik ... de ... de ... de och vi ... oss ... vi som bryr oss ... vi som inte gör fel ...

allt är deras fel ... alltid någon annans ...

MESSAGE FROM GOD ...

Valdemar omfamnar mig. Kysser min kind, vilket förvånar mig. Viskar i mitt öra ...

"Förlåt, vi ses!"

Jag blir en smula förvirrad. Vad menar karln? Förstår han att detta är vårt sista uppdrag tillsammans? Har bara nämnt min avgång för Saga. Vad underbart att få träffa henne och barnen. Nu blir jag hemma ett gott tag ...

"Kom nu, det börjar brinna i knutarna", säger jag, och kommenterar inte kvällens andra regelbrott. Tiden finns inte, och ärligt talat tycker jag att det är skönt med sällskap. Vänder mig för att öppna dörren till den nyss utplacerade, olåsta bilen. Nyckeln kommer att ligga under förarsätet. En motorstark, snabb sexa kommer att få oss att försvinna ur staden. Hem ...

Min bäste vän och kollega ser mig inte i ögonen, han tömmer automatpistolens magasin in i min vindtygsklädda ryggtavla. Själv förstår jag inte vad som händer ...

Det första:

"Superbia - Högmod", träffar mig med kraften av en knuten högernäve. Det är inte möjligt! Jag är skickad uppgiften. Närmre gud än vad jag är, kan man inte komma ...

Det andra:

"Avaritia - Girighet", kastar mig in i sidoplåten. Känner framtänderna slås av mot dörrhandtaget. Ser en droppe färskt blod på den kromade detaljen. Min spegelbild ser förvriden ut i det lilla formatet, jag fnissar till som vore jag i spegelhallen på tivoli. Det är givetvis inte hela sanningen. Pengarna var aldrig drivkraften. Även om jag kunnat njuta denna bonus utan något som helst dåligt samvete ...

Ett tredje:

"Luxuria - Vällust." Jag erkänner ... Det brinner i ryggen nu, kan tydligt känna den mixade doften av bränt kött och tyg i mina näsborrar ...

Sedan:

"Invidia - Avund." Fel! Fel! Fel! Jag förstår inte! Har inte haft någon anledning. Vem i helvete skulle jag avundas? Det kan inte gälla mig ...

Det femte:

"Gula - Frosseri." I mat och sprit då! Men bara under lediga

perioder, och av fri vilja. Asketism är väl inte min grej, men ändå, det här är ju löjligt, ber livsmanusförfattaren att skärpa sig ... Helvete vad ont det gör! Från varenda liten kroppsdel skriker nervbanorna ut sitt elände till hjärnan. Jag kan känna ryckningar i min högra stortå, har verkligen kontakt med min kropp just nu.

Det sjätte och sjunde avfyras i så tät följd att jag nästan inte hör skillnaden, även om den finns där, som ett mycket kort eko:

"*Ira - Vrede*." I viss mån. Jag ber, jag ber! Vem fan blir inte upprörd över livets orättvisor? Den riktiga vreden har nästan alltid stannat inom mig, nästan aldrig drabbat någon närstående. Däremot är små vardagliga raseriutbrott sunt för själen, och förhållandet till sina kära. Jag visar mina känslor, skäms inte för dem ... Ligger med näsan tätt mot den isiga asfalten, blir irriterad när jag märker oljan som droppar ned från underdelen av motorn. Hur fan kan en splitter ny lyxbil läcka så mycket olja? Det rinner ju nästan, och:

"*Acedia - Likgiltighet*." Det dunkar som hammarslag i ryggraden. Röken från branden i min jacka sticker mig i ögonen. Tårar rinner. Och visst har jag suttit framför nyheterna, inte brytt mig, då och då, ätit min kvällsvard, skitit i svälten som alla andra. Det finns en gräns för hur mycket man orkar ta in ... Lungan känns inte rätt, något pajade ... Det känns som om jag inte kan andas ...

Nu ...

svart ...

MEETING GOD ...

kunde varit på väg hem ... suttit i bilen ... lyssnat på någon bra radiostation där de klassiska rocklåtarna avlöser varandra ... eller stannat vid en bensinstation ... köpt en kassett med ett band som fått mig att sväva i sätet ... att vilja dansa vilt på motorhuven ... jag borde dansa på bilen nu ... inte ligga här och dö ...

parkera i diket någonstans ... eller på en enslig skogsväg i den månklart iskalla natten ... stå med mina heta rågummisulor på det blanksvarta biltaket ... svettpärlorna skulle stänka om mig ... dörrarna öppna på vid gavel ... ur kupén skulle världens största rockband dåna ut i den ugglehoande natten ...

time ... time ... time ... is on my side ... ti ... iai ... ime ... is on my side ...

MESSAGE FROM GOD ...

Valdemar placerar min kropp i kofferten, kör ut mig i skogen, dumpar mig långt in vid en skogsmaskinstig. Ligger hela vintern innan någon äntligen upptäcker mig, en vårblomsterälskande äldre dam, vars skrik inte tar slut förrän doktorn ger henne en injektion. Synen av det som finns kvar är inte vacker.

Mordet klaras aldrig upp. Det finns givetvis inga spår efter vare sig en mördare eller ett motiv. Inga vittnen. Saga är allt för klok för att avslöja något om mitt dubbelliv då hon inser att både hennes och barnens liv hänger på en skör tråd.

Alltså ... tystnad ...

Mitt stoft läggs att vila hemma i mors och fars församling. Saga och mina föräldrar enas om det. Jordfästningen blir faktiskt riktigt vacker. Musiken är mäktig. Den nye prästen, fars brorson, gör ett något fjolligt, men säkert intryck. Vi kände inte varandra så väl, trots att vi var kusiner. Vår familj höll sig för det mesta på sin kant, umgicks mycket magert med släkten. Gammalt groll kan jag tro. Inget avslöjades för oss barn, men att arvstvister sliter upp syster- och broderskap är inget nytt i dödens spår. Människan är i grunden sniken och penningkåt, jag misstänker något åt det hållet ...

Känner empati för Saga och Lisa. De gråter tyst. Vilgot sitter tryggt i sin mors armar under minneshögtiden, stadig i kroppen nu, spanar nyfiket runt i den vackra kyrkan med alla spännande glänsande saker

Jordfästning. Lisa böjer sig över den nygrävda mulldoftande gropen, där mitt förbrukade kött skall komposteras. Hon skall just till att låta en blodröd ros falla ned. Ser hennes tårar falla som om de ville penetrera den blanksvarta träkistan. De splittras förgäves mot den lackerade ytan. Vet att jag bringat dem sorg, men är ändå trygg i förvissningen om att de i alla fall aldrig kommer att lida brist på någonting materiellt ... Investeringarna, speciellt efter mitt senaste uppdrag, är enorma och på tillväxt. Valdemar har betalat ut min del, plus en rejäl bonus ... slutlön. De bästa utbildningarna kommer att ges min avkomma. De kommer inte att glömma, men de kommer över det. Livet går faktiskt vidare ...

Den tar sin tid och måste få ta tid ...

sorgen ...

slutet ... början ...

MEETING GOD ...

jag kommer tillbaka nu ... det har varit tusenårsskifte ... en kraft äldre och långt mäktigare än några på jorden existerande hemliga organisationer och underjordiska sällskap ... starkare än regeringar och länder ... anser sig behöva mina tjänster ännu en gång ... givetvis är jag upprymd över att få ett nytt uppdrag ... trots att jag sett så mycket ... upplevt mer än vad någon av de små människorna på jorden kan föreställa sig ... ens i sin vildaste fantasi ... tröttnar jag inte ... det är aldrig tråkigt i mitt värv ...

väntar på lämplig kropp ... det är bråttom ... hinner inte födas på nytt ... måste blixtinkallas varför valet av rätt individ är mycket viktigt ... det har varit presidentval i det mäktiga landet i väster ... kraften inser att den nye unge härskaren står på tur att starta ytterligare ett världsomspännande krig ... bör därför raderas per omgående ... slagverkan räknas bli allt för stor ... risken för mänsklighetens utplånande är överhängande ... de kemiska ... samt biologiska stridsvapen som sedan länge varit förbjudna enligt stadgarna i nationsförbundet ... tillverkas i stora mängder ... tillhandahålles i hemlighet för massorna i de betydande länder vilka står emot varandra i den närstående krissituationen ... paradoxalt nog anser kraften att det vore på sin plats ... människorna har haft all tid i världen ... tusen och åter tusentals år till bot och bättring ... utan någon som helst framgång ... våldet och ondskan eskalerar ... klyftan mellan rika och fattiga ökar med skrämmande fart ... så ock egocentreringen ... medmänsklighet är ett ord som i stort sett försvunnit ur världens språkminne ...

sen jag lämnade jorden har flera nya oroshärdar blossat upp ... man har dödat för oljans skull ... igen ... sedan har ett inbördeskrig slitit ett närliggande östland i tårar och blod där grannar mördat varandra ... våldfört sig på sina bröder och systrar ... folkmorden avslutas aldrig och de etniska rensningarnas spår i form av massgravar hittas fortfarande ... vi trodde dessa företeelser var slut ... att människan äntligen lärt sig efter det senaste världskrigets talande slut ... vi trodde fel ...

tiden är dock inte inne för ett totalt utplånande av arten ... än ... den är helt enkelt inte färdigutvecklad ... för ett mer komplicerat ... ädlare slutspel var homosapiens ämnat ... tvivel har dock uppstått i leden ... kraften anser efter lång tids forskning att hon ... människan ... i grunden är ond ... tvärt emot utvecklingsplaneringens intentioner vid specimenets inplantering ... slutet bör därför enligt dess mening vara långt och förtjänstfullt ... ett globalt krig skulle te sig allt för nådigt inför högsta domstolen ... sträcka sig över en för liten tidsera helt enkelt ... efter alla grymma besvikelser över artens sätt att behandla sin värld ... sina olika artfränder och sin huvudsakliga utveckling ... är hon helt enkelt inte förtjänt av en snabb human utplåning ... det beslutades av alla de höga instanser som slöt upp under förra stormötet ...

han däremot ... min fader ... ville framskjuta experimentets nedläggning ytterligare en tid ... förslaget var ytterligare en tiotusenårsperiod ... det är ju visserligen hans speciella skötebarn men det ter sig lite väl vekt om jag får säga min egentliga mening ... han framhöll de få tydligt positiva inslagen som arten faktiskt presterat ...

människorna har tyvärr svikit honom många gånger ... en av de mest kända incidenterna är väl när han skickade sin favoritson ...

förlåt ... ursäkta att jag fnyser ... något föraktfullt ... min gode bror fick sin chans ... misslyckades i sina försök att övertyga de dödliga ... blev snabbt tvångsåterkallad ... Valdemar ... eller Judas som han kallade sig då ... hjälpte till med transporten även den gången ... ett ögonblick ...

det händer något intressant här ... en synnerligen vältränad kropp har utsetts ... det meddelas mig alldeles nu i stunden ... det aktuella landets pinfärska överbefälhavare ... ung ... yngst i nationens mycket korta historia ... en nation som för övrigt i sig bygger på ett flertal fruktansvärda folkmord ... ingen bryr sig om det längre ... detta faktum sopas ständigt under mattan då landets ekonomiska betydelse är för viktig ... dessutom är den unga nationen inflytelserik efter att ha kavalleriräddat världen under det andra stora krigets sista skälvande minut ... människorna glömmer inte den enorma kontinentens kapacitet när den kom till undsättning med militär styrka ... tuggummi och nylonstrumpor ...

mitt färska kött är kadettkollega med den nuvarande härskaren och dessutom hans bäste vän och personlige rådgivare ... har så varit genom den väloljade karriärrulltrappan ... han äger en överdådig ... ärvd förmögenhet ... plus ... inte att förakta ... en briljant begåvning som gjorde vägen upp till toppen kort och relativt okomplicerad ... vännen tillsattes på sin post strax efter maktövertagandet ... ett mycket bra val vilket förenklar mitt uppdrag avsevärt ... tilldelas nu en personakt ... vilken jag kommer att studera minutiöst ... lära mig mannens egenheter ... laster ... inom några få ögonblick kommer jag att vara presidentens bäste vän ... ut i naglarnas sorgband ...

ironiskt att jag ... familjens svarta hål ... på jorden kallas jag ibland ondskan ... ett annat epitet är satan ... får ännu en möjlighet ... förmodligen är anledningen den att jag inte misslyckats i mina tidigare åtaganden ... gubben har helt uppenbart ett större förtroende för min kompetens än min värsta konkurrents ... jag är inte lika blödig ... tvekar inte inför de vitala åtgärderna ... min bror har fått fars sentimentala ådra ... han är en mes ... satt på undantag ... det här är ett meddelande från Gud ...

there's a new sheriff in town ...